パティシエ★すばる

夢《ゆめ》の
スイーツホテル

つくもようこ／作　鳥羽 雨／絵

講談社 青い鳥文庫

もくじ

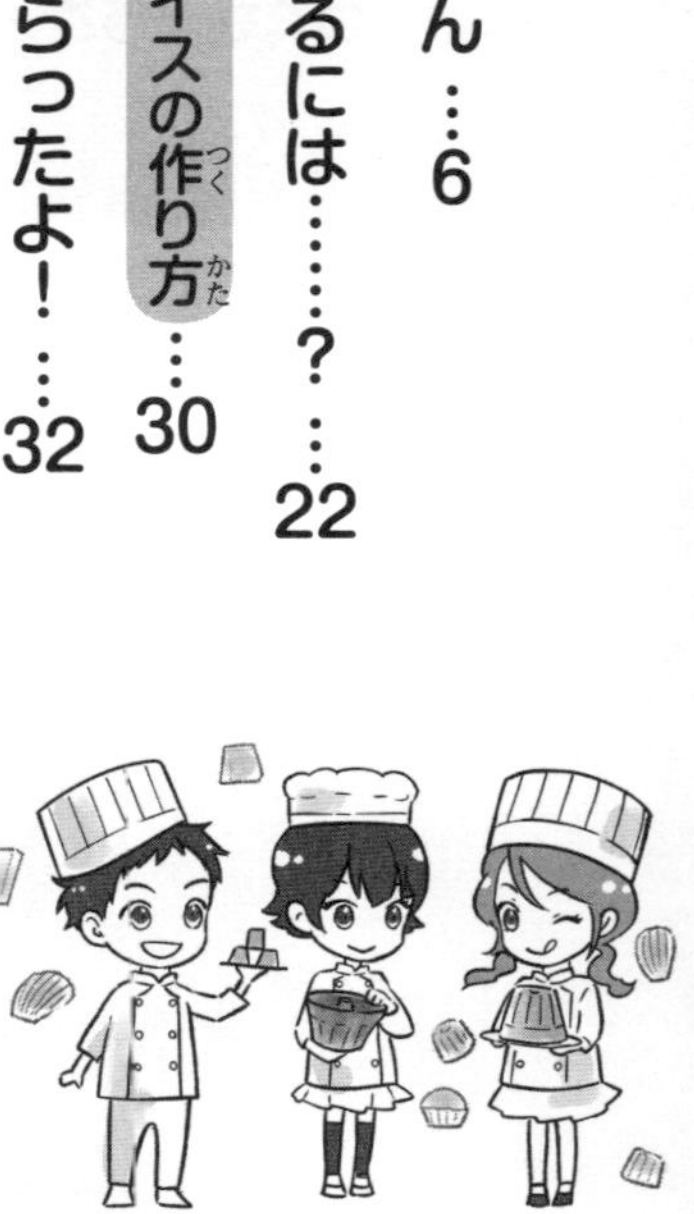

お話《はなし》に出《で》てくる人《ひと》たち

星野《ほしの》　すばる

三度《さんど》のごはんより、スイーツが大好《だいす》き！　カノン、渚《なぎさ》といっしょに、本当《ほんとう》のホンキで、パティシエをめざして修業中《しゅぎょうちゅう》。「小学生《しょうがくせい》トップ・オブ・ザ・パティシエ・コンテスト」で優勝《ゆうしょう》して、おじいさんの国《くに》、オーストリアにあるウィーンに行《い》きたいと思《おも》っている。

山本《やまもと》　渚《なぎさ》

すばるの幼《おさな》なじみ。算数《さんすう》が得意《とくい》で、お菓子作《かしづく》りの材料《ざいりょう》の配合《はいごう》の計算《けいさん》はおまかせ！

村木《むらき》　カノン

すばるの大親友《だいしんゆう》。ファッションセンスがばつぐん。デコレーションが得意《とくい》。

「パティシエ☆すばる」の

緑川《みどりかわ》　つばさ

すばるたちの同級生《どうきゅうせい》でパティシエ修業《しゅぎょう》のライバル。かわいくって、なんでもできて、いつもやる気《き》いっぱいの学級《がっきゅう》委《い》員長《いんちょう》。

マダム・クロエ

すばるたちの先生《せんせい》。とつぜん閉店《へいてん》してしまった超人《ちょうにん》気《き》店《てん》「銀《ぎん》座《ざ》プラネット」の伝説《でんせつ》のパティシエ。いまは、お客《きゃく》さまのオーダーに合《あ》わせてケーキを作《つく》るアトリエを開《ひら》いている。

セルジュ（安藤遼平《あんどうりょうへい》）

雑誌《ざっし》やブログでスイーツの記事《きじ》を書《か》いていた、超有名《ちょうゆうめい》人《じん》。『キセキのチョコレート』のお話《はなし》で、パティシエ修業《しゅぎょう》をするため、スイーツ・ライターをやめてしまった。

1　すばるのおうちは洋食屋《ようしょくや》さん

こんにちは、すばるです☆

お菓子大好《かしだいす》き、キュウリは苦手《にがて》！　……だったけど、『福神漬《ふくじんづ》けの中《なか》のキュウリ』は食《た》べられるようになった、星野《ほしの》すばるです！

いまね、わたしはうちのお店《みせ》、『洋食《ようしょく》・スプーンとフォーク』で親友《しんゆう》のカノンと、幼《おさな》じみの渚《なぎさ》をまっているところなんだ。

「ふたりとも、まだかなー。」

お店《みせ》の窓《まど》から外《そと》を見《み》た。桜《さくら》の花《はな》びらが、ヒラヒラと舞《ま》っている。ついこのまえ、満開《まんかい》だったのにね。……もう、四月《がつ》、あとちょっとで新学期《しんがっき》か――。五年生《ねんせい》になるのはいいんだけど、クラスがえが心配《しんぱい》だなぁ。みんなと別《わか》れたら、どうしよう？

なんて考《かんが》えごとをしてたら……。

「おーい。すばる！」

「ヤッホー！」

ふたりが窓《まど》ごしに手《て》をふってる。

「渚《なぎさ》、カノン、いらっしゃい！」

わたしはあわててお店《みせ》のドアをあけた。

「おっ、お店《みせ》のもようがえしたんだ。」

渚《なぎさ》はそう言《い》って、お店《みせ》の中《なか》をグルッとみわたした。

「ほんと、カジュアルからスタイリッシュに変《か》わっている。いい感《かん》じねー。」

オシャレ大好《だいす》きのカノンが、むずかしい言葉《ことば》でほめてる。

「テーブルクロスをかえたんだよ。赤《あか》と白《しろ》のギンガムチェックから、サーモンピンクにしたの。さぁ、席《せき》についてて。」

わたしは、ふたりをテーブルへ案内《あんない》した。

ふたりとも、家族《かぞく》でよくお店《みせ》に来《き》てくれるんだ。渚《なぎさ》は『オムライスのデミグラスソースかけ』、カノンは『チキンとキノコのグラタン』がお気《き》に入《い》りなの。

でもね、今日《きょう》はお客《きゃく》さまで来《き》たんじゃない。〝お仕事《しごと》〟をしに来《き》てくれたんだよ。

「カノンちゃん、渚《なぎさ》くん、いらっしゃい。今日《きょう》はよろしく。」

パパが出《で》てきて、ふたりに声《こえ》をかけた。

「こんにちは、よろしくお願《ねが》いします！」

渚《なぎさ》のあいさつ、力《ちから》が入《はい》ってるなぁ。

「おじさん、こんにちは。今日《きょう》はがんばります。」

カノンもキリッとしている。

〝お仕事《しごと》〟、それは『スプーンとフォーク』の新作《しんさく》デザートを試食《ししょく》することなの。

『なーんだ、ただ食《た》べるだけじゃない。』って思《おも》った？

まぁ、そう思《おも》うのもむりはないけど。〝食《た》べる〟と〝試食《ししょく》〟は大《おお》ちがい。

味《あじ》、見《み》た目《め》、器《うつわ》とのバランスをチェックして、意見《いけん》を言《い》って話《はな》しあうんだ。つまり、新《しん》作《さく》メニューを決《き》める〝会議《かいぎ》〟なんだよ。

わたしたち三人《にん》は、お菓子《かし》が大好《だいす》き！　パティシエをめざして『お菓子《かし》のアトリエ　マダム・クロエ』で修業《しゅぎょう》している、小学生《しょうがくせい》の〝パティシエ見習《みなら》い〟なんだよ。

パパから『お菓子作《かしづく》りをがんばる、みんなの意見《いけん》をききたいな。』ってたのまれて、わたしたち、すごーくはりきっているんだ。

クロエ先生《せんせい》に話《はな》したら、

「〝パティシエ見習《みなら》い〟として、期待《きたい》されているのですよ。しっかりね！」

ってはげまされた。責任重大《せきにんじゅうだい》、がんばらなくっちゃね。

――ガチャ。

お店《みせ》とおうちをつなぐドアがあいた。

お姉《ねえ》ちゃんのスピカと、お兄《にい》ちゃんの恒星《こうせい》が入《はい》ってきた。

「カノンちゃん、渚《なぎさ》くん、ひさしぶり！」

高校《こうこう》二年《ねん》のスピカねぇがニコッと笑《わら》って、カノンの向《む》かいにすわった。中学《ちゅうがく》二年《ねん》の恒星《こうせい》にぃは、ヒョイッと手《て》を上《あ》げ、となりのテーブルについた。

わたしのとなり、あいてるのに――。このごろ恒星《こうせい》にぃは、愛想《あいそ》が悪《わる》いんだ。なんでだろう？

「それでは――。」

と言《い》って、パパが前《まえ》に立《た》った。

「『スプーンとフォーク』は、来月《らいげつ》十回目《かいめ》の誕生日《たんじょうび》をむかえます。そこで『十周年記念《しゅうねんきねん》コースメニュー』を出《だ》すことにしました。」

いつもよりマジメな顔《かお》で、パパが話《はな》してる。

「『コースメニュー』って、このまえ食《た》べた！　はじめにスープが出《で》てきて、サラダやメインの料理《りょうり》が順番《じゅんばん》に出《で》てくるんだぜ。」

渚《なぎさ》が楽《たの》しそうに話《はな》してる。

「そうそう、デザートと飲《の》み物《もの》まであるのよ。」

カノンが言葉《ことば》をつづけた。

「みんな、よく知《し》っているね。」

パパがニッコリした。

「……だけど、うちのデザートはランチセットのアップルパイだけ。そこで、新作《しんさく》デザートを作《つく》ることにしたんだ。」

——と、大《おお》きなトレイを持《も》って、ママがキッチンから出《で》てきた。

「新作《しんさく》デザートは、わたしが作《つく》りました。みなさん、試食《ししょく》をお願《ねが》いします。」

少《すこ》し緊張《きんちょう》した顔《かお》で、ママがデザートを配《くば》りはじめた。

「うわぁ、ぜんぜん知《し》らなかった。ママがデザートを考《かんが》えていたなんて……。」

おどろいているわたしたちの前《まえ》に、お水《みず》の入《はい》ったコップと、カップが三つならんだ。

「ひとり三つもある。」

「しかも、アイスクリーム!?」

「新作《しんさく》デザートは、ケーキだと思《おも》ってたよ。」

わたしたちは顔《かお》を見合《みあ》わせた。

「表面《ひょうめん》がうっすらと、とけてきた。ツヤツヤしておいしそうね。」

カノンがウキウキした声《こえ》で言《い》った。

「じつはボクもはじめて食《た》べるんだ。とけるのが早《はや》いのは、アイスクリームによぶんな添《てん》加物《かぶつ》が入《はい》っていない証拠《しょうこ》。ママの本気度《ほんきど》が伝《つた》わってくるね。」

アイスを見《み》ながら、パパが言《い》った。

パパ、スピカねぇ、恒星《こうせい》にぃ、カノン、渚《なぎさ》、そしてわたし。六人《にん》の試食会《ししょくかい》のはじまりだ。

最初《さいしょ》に三つを見《み》くらべてみよう。

いちばん右《みぎ》のアイスは、きな粉《こ》みたいな色《いろ》をしている。

「なんのアイスかしら？」

顔《かお》を近《ちか》づけておどろいた。だってバナナの香《かお》りがするんだもん。まんなかは、見《み》ただけでわかった。やさしいピンク色《いろ》。これはイチゴのアイスだね。

そして最後《さいご》は、白《しろ》いミルク色《いろ》のアイス。バニラアイスかな？　わたしは鼻《はな》を近《ちか》づけた。

ん？　ちょっと香《かお》りがちがう。これは、バニラじゃないぞ。

「右《みぎ》から順番《じゅんばん》に食《た》べていこう。」

わたしはそう言《い》って、カップをとって、スプーンですくってひと口《くち》食《た》べた。

「うわぁ、口《くち》に入《い》れたら、バナナの香《かお》りをいっそう強《つよ》く感《かん》じるね。」

「バナナ味《あじ》がガツンとくる！」

「少《すこ》しネトッとした舌《した》ざわり。うん、おいしい味《あじ》よ。」

わたしたちは、いっしょうけんめい意見《いけん》を言《い》った。感《かん》じたことを、正《ただ》しく言葉《ことば》にする

のって、むずかしい。うまく表現できているかな？

「では次へいこう。」

渚が水をひと口飲んで言った。わたしたちもお水を飲む。お口の中のバナナの味を、消《け》すためだよ。次《つぎ》のアイスの味《あじ》を、キチンと評価《ひょうか》するために必要《ひつよう》なんだ。

目《め》をとじて、味《あじ》と香《かお》りをたしかめる――。

「あー、やさしい味《あじ》。新鮮《しんせん》なイチゴの味《あじ》がする。」

「クリーミーで、ときどき舌《した》にあたるイチゴのツブツブがたまんないぞ。」

「よくあるイチゴのアイスより、イチゴの割合《わりあい》が多《おお》いね。酸味《さんみ》がきいてさわやかだ。」

みんな真剣《しんけん》に意見《いけん》を言《い》う。あたりまえだけど、三人《にん》の感《かん》じることはちがうんだ。

そして、またお水《みず》で口《くち》をスッキリさせ、最後《さいご》の白《しろ》いアイスを手《て》にとった。

「この味《あじ》、なんだろう……。」

カノンが首《くび》をかたむけてる。

「フローズンヨーグルトかな?」

わたしが答《こた》えた。

「ちがうと思《おも》う。コクとさわやかさ、ふたつ感《かん》じるね。」

渚《なぎさ》が、しんみょうな顔《かお》で言《い》った。

三つの試食《ししょく》が終《お》わった。

ママが、わたしたちを見《み》つめている。まとめの感想《かんそう》をまっているんだね。

「えっと……三つの中《なか》で白《しろ》いアイスがいちばんおいしかったです。さわやかでコクがある。コース料理《りょうり》のデザートにピッタリだと思《おも》います。」

カノンが言《い》った。

「オレ……ボクは、どれもおいしいと感《かん》じました。だけど、コース料理《りょうり》の後《あと》に食《た》べるには、バナナアイスは、味《あじ》がこすぎると思《おも》います。」

渚《なぎさ》が答《こた》えて、最後《さいご》は、わたしの番《ばん》だ。

「わたしはイチゴがいちばん。シャーベットとアイスの中間《ちゅうかん》のような味《あじ》で、おいしかった。それに、イチゴはみんな好《す》きでしょ。人気《にんき》のデザートになるんじゃないかな。」

ママは、わたしたちの意見《いけん》をうなずきながらきいている。

「わたしの意見《いけん》は——。」

ずっとだまっていたスピカねぇが、口《くち》を開《ひら》いた。

「全部《ぜんぶ》おいしい！　だけどバナナはダメ。色《いろ》がくすんでるもん。」

「オレは気《き》にならないな。バナナってすぐに変色《へんしょく》するモンだろ。逆《ぎゃく》に〝黄色《きいろ》いバナナ色《いろ》〟してたらウソっぽいよ。」

恒星《こうせい》にぃが、反対意見《はんたいいけん》を言《い》った。

「みんな、たくさんの意見《いけん》をありがとう。とても参考《さんこう》になったわ。では、最後《さいご》にシェフの感想《かんそう》をきかせてください。」

パパに向《む》かってきいた。

ママは、いつも『パパ』とか『武士《たけし》さん』って呼《よ》ぶの。だけど、お店《みせ》にいるときは、『シェフ』って呼《よ》ぶんだよ。おうちとお店《みせ》で呼《よ》び方《かた》を区別《くべつ》すると、仕事《しごと》に集中《しゅうちゅう》できるんだって。

そうそう『シェフ』って、フランス語《ご》で『料理長《りょうりちょう》』って意味《いみ》だよ。

「うん、いちばんはおいしいのは、白《しろ》いアイス。水色《みずいろ》の器《うつわ》に映《は》えて、見《み》た目《め》もきれい。さわやかな甘《あま》さで、デザートにピッタリだ。イチゴもいいね。自然《しぜん》の香《かお》りと色《いろ》が残《のこ》っているもの。で、バナナ……。」

そこまで言《い》って、パパはママを見《み》た。

「食《た》べ物《もの》の変色《へんしょく》は、『自然《しぜん》のこと』と思《おも》うお客《きゃく》さまも、『傷《いた》んでいる』と不快《ふかい》に思《おも》うお客《きゃく》さまもいらっしゃるよね――。」

パパの言葉《ことば》に、ママがうなずいた。

「いまのレシピだと少《すこ》し変色《へんしょく》してしまうの。防《ふせ》ぐ方法《ほうほう》はあるけど、バナナの風味《ふうみ》が弱《よわ》くなって……。バナナアイスは、もう少《すこ》し研究《けんきゅう》が必要《ひつよう》ね。」

ママが答《こた》えた。

「では、『スプーンとフォーク』の新作《しんさく》デザートは『白《しろ》いアイス』と『イチゴのアイス』に決《き》めよう。どうかな?」

パパがみんなに向《む》かってきいた。

――パチパチパチ!

みんなが拍手《はくしゅ》した。ママはとってもうれしそう。ふたつのアイス、お客《きゃく》さまによろこんでもらって、お店《みせ》の人気《にんき》メニューになるといいな。

「ねぇママ。わたしたち、最後《さいご》までわからなかった、この白《しろ》いアイスはなんでできてるの？」

わたしはママにきいた。

「これはね、ココスアイス。ココスとはドイツ語《ご》で『ココナッツ』のことよ。」

ママが教《おし》えてくれた。

「ココナッツって、きいたことある。これが、ココナッツの味《あじ》なんだ。」

渚《なぎさ》がしみじみ言《い》った。

「ココナッツのほかに、なにか入《はい》っているように感《かん》じたの。なにかしら？」

カノンが、考《かんが》えながらわたしに言《い》った。

「生《なま》クリームかなぁ。かすかだけど、生《なま》クリームの香《かお》りを感《かん》じたよ。」

わたしは、首《くび》をかたむけながら答《こた》えた。

「ほんとうにみんな熱心《ねっしん》ね――。パティシエをめざしているだけあるわ。」

ママがうれしそうに言《い》った。

「いや、おばさん、それほどでも……。」

渚《なぎさ》がてれてる。

「わたしたち、クロエ先生《せんせい》のところで、本当《ほんとう》のホンキで修業《しゅぎょう》しているんです。」

カノンがキリッとして言《い》った。

「でもね、ママがこんなにおいしいアイスを作《つく》るのよ。すばるたちより先《さき》に、パティシエになっちゃうかもね!?」

スピカねぇが、わたしたちを見《み》て言《い》った。

「おばさんがパティシエ!?」

カノンがビックリして目《め》をまるくした。

「心配《しんぱい》しないで。おばさんには、お店《みせ》があるもの。でも、アイスクリーム屋《や》さんには、なりたいかも――。」

ママがマジメな顔《かお》で言《い》った。

「これはね、オーストリアのレシピで作《つく》ったの――。」

えっ、ママのお父《とう》さんの国《くに》のアイスなんだ。

あのね、ママはオーストリア人《じん》と日本人《にほんじん》のハーフなんだよ。だから、わたしとスピカねえ、恒星《こうせい》にぃは少《すこ》しだけオーストリアの人《ひと》なんだよ。

むずかしい言葉《ことば》で言《い》うと『クォーター』って言《い》うんだ。

おじいさんとは、小《ちい》さいころ一度会《どあ》っただけ。いまはウィーンに住《す》んでいるんだ。

「それにしてもさ、こんなにおいしいアイスを、なんでいままで作《つく》ってくれなかったの？」

わたしは、ほっぺをプクッとさせてママにきいた。

「じつは、お店《みせ》のもようがえで、たなを整理《せいり》していたら、おじいさんのアイスのレシピノートが出《で》てきたのよ。」

ママが古《ふる》いノートを見《み》せて言《い》った。うわぁ、ドイツ語《ご》みたいだ。

「オーストリアの人《ひと》は、アイスクリームが大好《だいす》き。おうちでもアイスクリームを作《つく》るのよ。もちろん、街《まち》にもアイスクリーム屋《や》さんがたくさんあって、とってもおいしいの。」

楽《たの》しそうなママ――。

「おばさん、オーストリアのアイスクリームの作《つく》り方《かた》を習《なら》いたいな。」

カノンが言《い》った。

「オレも知《し》りたい。だけどそのまえに、おかわりしたい！」

渚《なぎさ》がからっぽのカップをさしだした。

「はい、わかりました。おかわりしてから、レッスンしましょう。」

ママがうれしそうにキッチンへ入《はい》っていった。

2　おいしいココスアイスを作《つく》るには……？

「では、ココスアイス作《づく》りをはじめましょう。」

ママが調理台《ちょうりだい》の上《うえ》に材料《ざいりょう》をならべた。生《なま》クリーム、砂糖《さとう》、タマゴ、ゼラチン、そして主《しゅ》役《やく》のココナッツだ。

「ココナッツにはクリーム、粉末《ふんまつ》、オイル、いろんなタイプがあるのよ。わたしのアイスは、ココナッツミルクを使《つか》います。」

ママが、椰子《やし》の木《き》の写真《しゃしん》の、缶《かん》づめを手《て》にして言《い》った。

「オレ、ココナッツミルクってはじめて見《み》た……。」

渚《なぎさ》が缶《かん》づめをしげしげとながめてる。

「では渚《なぎさ》くん、あけてください。」

ママが缶切《かんき》りをわたした。

クリッ、クリッ、クリッ……。缶切《かんき》りの音《おと》が、静《しず》かなキッチンにひびいてる。カチッ！

缶《かん》があいて、ココナッツミルクの香《かお》りがあふれでた。

はじめてかぐ、甘《あま》い香《かお》り。

「うわぁ、ココスアイスとくらべると、香《かお》りが強《つよ》いね。」

カノンが鼻《はな》を近《ちか》づけて言《い》った。

「味見《あじみ》してみる？」

ママが小《ちい》さなカップにとりわけた。ドキドキしながら、舌《した》の先《さき》でチラッとなめてみた。

「うーん、思《おも》ってた味《あじ》とちがうけど、甘《あま》いね。」

「体《からだ》によさそうな味《あじ》がする。わたし、好《す》きよ。」

「おいしいけど、オレはガブガブとは飲《の》めないな……。」

わたしたちは、いかにも『南国《なんごく》の植物《しょくぶつ》です。』って感《かん》じの味《あじ》に、とまどってる。

「ココナッツミルクは、栄養価《えいようか》が高《たか》くて、最近注目《さいきんちゅうもく》の食材《しょくざい》なのよ。」

ママが言《い》った。

「はじめにタマゴを白身《しろみ》と黄身《きみ》にわけ、卵黄《らんおう》だけ使《つか》います。そこへ砂糖《さとう》をくわえて――。」

ママはボウルを出《だ》して、卵黄《らんおう》とグラニュー糖《とう》を入《い》れた。

「わたしがまぜます。」

カノンがホイッパーでまぜはじめた。

「ココナッツミルクとグラニュー糖《とう》をまぜ、火《ひ》にかけます。」

と、ママが言《い》うと、渚《なぎさ》が片手《かたて》なべを出《だ》してココナッツミルクをコンロにかけた。

「ママ、ゼラチンをふやかしておくね。」

わたしは粉《こな》ゼラチンに少量《しょうりょう》の水《みず》をくわえた。

「渚《なぎさ》くん、ココナッツミルクを火《ひ》からおろして。カノンちゃんがまぜたタマゴ液《えき》の中《なか》へくわえ、よくまぜましょう。」

ママが説明《せつめい》しながら、こし器《き》を出《だ》してきた。

「次《つぎ》は合《あ》わせた液《えき》をこして、ゼラチンを入《い》れるんだね。」

わたしが言《い》うと、ママがニッコリうなずいた。

「そうよ。ゼラチンをしっかりとかすために、少《すこ》しだけ火《ひ》にかけてね。とけたら、またこし器《き》でこして。それを氷水《こおりみず》で冷《ひ》やして――。」

テキパキと指示《しじ》するママ、かっこいいな。

「ココナッツ液《えき》がしっかり冷《ひ》えたら最後《さいご》の工程《こうてい》よ。ホイップクリームを作《つく》りましょう。」

ボウルに生《なま》クリームを出《だ》して、グラニュー糖《とう》とまぜた。

「ホイップはボクにまかせて。うーん、ケーキの飾《かざ》りではなくて、アイスにまぜるんだから、八分《はちぶ》だてかな？」

カシャカシャとホイッパーを動《うご》かしながら、渚《なぎさ》がママにきいた。

「そのとおり！　みんなすごく手《て》ぎわがいいわ。よく勉強《べんきょう》しているのね。」

ママが感心《かんしん》した顔《かお》で見《み》つめてる。わたしたちは、はりきって作業《さぎょう》を進《すす》めた。

ホイップクリームと、ココナッツミルクの液《えき》をまぜた。せっかくホイップしたクリームを、つぶさないようにサックリと――。

白《しろ》くてトロッとしているココスアイス液《えき》を、アイスクリーム用《よう》のバットへ入《い》れた。

「さぁ、あとは冷凍庫《れいとうこ》で冷《ひ》やすだけだぞ！」

「もうできちゃったね。」

「アイスクリームって、意外《いがい》と簡単《かんたん》だったね。」

わたしたちは冷凍庫《れいとうこ》の前《まえ》でニッコリ顔《かお》を見合《みあ》わせた。

「ちょっとまって。まだ完成《かんせい》ではないわよ。」

ママがあわてて言《い》った。えっ、なんで……？

「冷凍庫《れいとうこ》で冷《ひ》やすだけ！　では失敗《しっぱい》します。かたまるまで、何度《なんど》もかきまぜるのよ。パティシエ見習《みなら》いさんたち、なぜかわかる？」

ママが質問《しつもん》した。

まぜる、まぜる……。さぁ、なんとまぜるの？

わたしたちは、考《かんが》えはじめた。

「……あっ、わかった。空気《くうき》とまぜる！」

カノンの声《こえ》がキッチンにひびいた。

「そうだ空気《くうき》だ。スポンジケーキを、フワフワにするために、タマゴにいっぱい空気《くうき》をふくませるもの。アレと同《おな》じだ。」

「空気《くうき》を入《い》れてアイスをクリーミーにするんだ。」

わたしたちは、答《こた》えを見《み》つけた。

「大正解《だいせいかい》！　クリーミーな仕上《しあ》がりになるよう、大《おお》きなスプーンで三回《かい》はかきまぜてね。」

ママがうれしそうに言《い》った。

「三人《にん》とも、いいチームになってきたな。」

わたしたちのようすを、じっと見《み》ていたパパが言《い》った。

「チームなんて、スポーツ選手《せんしゅ》じゃないのに――。」

わたしが言《い》うと、パパはなつかしそうな顔《かお》をした。

「すばるが生《う》まれるまえ、ウィーンで菓子工房《かしこうぼう》を見学《けんがく》したときのことを、思《おも》いだしたんだ。」

えっ？　パパもオーストリアへ行《い》ったことがあるんだ。

「職人《しょくにん》さんたちの動《うご》きにむだがなくて、厨房《ちゅうぼう》がひとつのチームに見《み》えたわね。ねぇパパ、工房《こうぼう》のマイスターがおっしゃった言葉《ことば》を、おぼえている？」

ママがなつかしそうに言《い》った。

「もちろん！『こころがひとつになったキッチンからは、レシピ以上《いじょう》のものが生《う》まれる。』だろう。わすれられない言葉《ことば》さ。」

わたしたちがいるのに、ふたりとも、すっかり思《おも》い出話《でばなし》に夢中《むちゅう》だ。

「そうだ、あのときママが買《か》ったレシピ本《ぼん》、バナナのアイスクリームがのっていなかった？」

「よく思《おも》いだしたわね。見《み》てみましょう。」

パパとママがバタバタとキッチンを出《で》ていっちゃった。

なんだよー、ふたりばっかり楽《たの》しそうにしてさ。

「すばる、またほっぺがふくらんでる――。」

カノンが、わたしのほっぺをつついた。

「ますますコンテストがんばらなくちゃな。」

渚《なぎさ》がわたしの肩《かた》をポンッとたたいて言《い》った。

コンテストってね、『小学生《しょうがくせい》トップ・オブ・ザ・パティシエ・コンテスト』のこと。わたしたちは、このコンテストにエントリーしているんだ。

優勝《ゆうしょう》すると、大《おお》きなトロフィーをもらって、オーストリアでお菓子体験《かしたいけん》ができるの。

「うんっ！　わたし、ぜーったい優勝《ゆうしょう》して、パパたちが行《い》ったお菓子工房《かしこうぼう》を見《み》る！」

「すばる、悪《わる》いがそれは、オレだ。」

渚《なぎさ》がガッツポーズをとった。

「優勝《ゆうしょう》は、わたしでしょ。」

カノンもキリッと宣言《せんげん》した。

わたしたち三人《にん》は、とっても仲《なか》よし。だけど、本当《ほんとう》のホンキでパティシエをめざしているライバル同士《どうし》なの。

コンテストの優勝者《ゆうしょうしゃ》はひとりだけ。みんな優勝《ゆうしょう》をめざしているんだ。

「あっ、そろそろココスアイスをまぜなくちゃ。」

カノンがあわてて冷凍庫《れいとうこ》をあけた、そのとき――。

「こんにちは～♪」

お店《みせ》のほうから、声《こえ》がきこえた。

定休日《ていきゅうび》なのに、だれだろう?

ココスアイスの作《つく》り方《かた》

★材料《ざいりょう》
- ●ココナッツミルク　400 ミリリットル
- ●グラニュー糖《とう》　100 グラム
- ●卵黄《らんおう》　70 グラム
- ●ゼラチン　5 グラム（30 ミリリットルの水《みず》でもどしておく。）
- ●生《なま》クリーム　150 ミリリットル

ココナッツは、はやりの
食材《しょくざい》でもありますね。

作《つく》り方《かた》

①耐熱《たいねつ》ボウルで、卵黄《らんおう》とグラニュー糖《とう》の約《やく》3 分《ぶん》の 2 をホイッパーで混《ま》ぜる。

②なべにココナッツミルクと残《のこ》りのグラニュー糖《とう》を入《い》れて沸《ふっ》騰寸前《とうすんぜん》まで温《あたた》め、①のボウルに入《い》れて、混《ま》ぜ合《あ》わせる。

③②をこしながら、ふたたびなべにもどして火《ひ》にかけ、トロッとしたら火《ひ》からおろし、水《みず》でもどしたゼラチンを加《くわ》えて、ボウルの中《なか》にこしながら入《い》れる。

④③のボウルを氷水《こおりみず》につけ、粗熱《あらねつ》をとったら冷凍庫《れいとうこ》で冷《ひ》やす。目安《めやす》は、ココナッツ液《えき》がトロッとするまで。

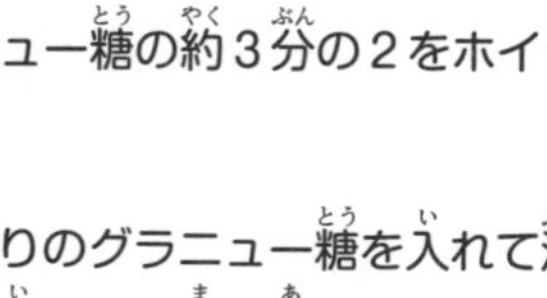

ウィーンの思《おも》い出《で》

⑤④がトロッとしてきたら、八分《はちぶ》に泡《あわ》だてた生《なま》クリームを混《ま》ぜ合《あ》わせて、冷凍庫《れいとうこ》へ入《い》れる。（ボウルが冷凍庫《れいとうこ》に入《はい》らない場合《ばあい》は、平《ひら》たい容器《ようき》にうつしてね。ふたつきなら、こぼれにくくていいね。）

およそ1時間《じかん》に一度《いちど》、大《おお》きなスプーンを使《つか》い、空気《くうき》をふくませるようにかき混《ま》ぜる。3回《かい》ほどかき混《ま》ぜると、できあがりがおいしくなる。

3　バニラの香《かお》りの招待状《しょうたいじょう》をもらったよ！

「いま、お店《みせ》から声《こえ》がきこえなかった？」

わたしはカノンと渚《なぎさ》にきいた。

「きこえなかったよ。」

「うん、きこえなかった。」

ふたりが速攻《そっこう》でこたえ、大《おお》きなスプーンでココスアイスをかきまぜてる。シャリッとサラッの間《あいだ》の感《かん》じのおいしそうなココスアイス——。

「うまそう……。」

渚《なぎさ》が、サッとすくって、パクッと食《た》べちゃった。

「かたまるまえって、シェイクみたいでうまい！」

「あっ、ズルイ！」

カノンが、負《ま》けずにパクパクとふた口《くち》も食《た》べた。

「ホント、おいしい。飲《の》みほせそうよ。」

カノンがニカッとして言《い》った。

「すみませんー。」

また、お店《みせ》から声《こえ》がきこえた。

「やっぱり、だれかいるって――。わたし、見《み》てくる。そのまえに……。」

わたしは、パクパクパクッとココスアイスを素早《すばや》く三口《みくち》ほおばって、キッチンのカウンターからお店《みせ》をのぞいた。

ほら、やっぱり――。お店《みせ》の中《なか》に、女《おんな》の人《ひと》が立《た》っている。

あれ、つばさちゃんのママ？

ヘアスタイルが変《か》わっているけど、まちがいない。緑川《みどりかわ》つばさちゃんのママだ。

『本日定休日《ほんじつていきゅうび》』ってプレートを出《だ》しておいたのになぁ……。

声《こえ》をかけようとしたら、またドアがあいた。

「もう、ママったら『本日定休日《ほんじつていきゅうび》』の札《ふだ》が出《で》ているのに、勝手《かって》に入《はい》って……。」

ママをしかりながら、つばさちゃんが入《はい》ってきたぞ。

「だって、つばさちゃん……。ドアを押《お》したらあいたのよ。失礼《しつれい》だったかしら？」

親子《おやこ》の会話《かいわ》が逆転《ぎゃくてん》している。おもしろいなぁ、と思《おも》ってたら——。

「つばさちゃんの声《こえ》がした！」

渚《なぎさ》が飛《と》んできた。

「つばさちゃん？　まさかー。」

興味《きょうみ》なさそうにカノンの声《こえ》がきこえた。

あのね、つばさちゃんはわたしたちのクラスの委員長《いいんちょう》さんなんだ。あっ、ちがう。四年《ねん》一組《くみ》は終《お》わっているから、正確《せいかく》には『クラス委員長《いいんちょう》だった人《ひと》』なんだ。

お勉強《べんきょう》がとってもできて、かわいくて、みんなの人気《にんき》モノなの。

だけど、カノンは、つばさちゃんのことが、好《す》きじゃないみたい。

〝性格《せいかく》が合《あ》わない〟っていうのかな。ケンカしているワケじゃないけど、必要以上《ひつよういじょう》には口《くち》をきかないんだ。

「渚《なぎさ》くん！　カノンちゃんも……。あとでふたりのおうちにも行《い》くつもりだったの。ちょうどよかった――。三人《にん》で遊《あそ》んでたの？」

わたしたちに気《き》がついて、つばさちゃんが一気《いっき》にしゃべった。

「遊《あそ》んでないわ。お仕事《しごと》をしていたの。」

カノンがツンッと顔《かお》を上《あ》げて言《い》った。つばさちゃんは、ちょっとおどろいた顔《かお》をした。

そして――。

「小学生《しょうがくせい》は〝お仕事《しごと》〟できないのよ。〝お手伝《てつだ》い〟してたのね。」

カノンの言葉《ことば》を、ていねいに訂正《ていせい》した。ふたりとも気《き》が強《つよ》いなぁ。

「えっと、つまり、お仕事《しごと》のお手伝《てつだ》いだよ。ねっ。」

わたしはあわててふたりの間《あいだ》に入《はい》った。だってお店《みせ》の『十周年記念《しゅうねんきねん》コースメニュー』は、まだないしょ。試食《ししょく》の話《はなし》になったら、ややこしくなるからね。

「すばる、お客《きゃく》さま？」

にぎやかに話《はな》していたら、奥《おく》からママが出《で》てきた。ふぅ、助《たす》かった……。

「まぁ緑川《みどりかわ》さん！　先日《せんじつ》は娘《むすめ》がたいへんお世話《せわ》になりました――。本日《ほんじつ》は定休日《ていきゅうび》なんです。すみませんー。」

ママが話《はな》しはじめた。

すっかりわすれていた。わたしは先月《せんげつ》、休診日《きゅうしんび》のつばさちゃんパパに診察《しんさつ》してもらったの。お薬《くすり》が効《き》いて、ひどくならずにすんだんだよ。

「星野《ほしの》さん、お休《やす》みの日《ひ》にごめんなさい。それから――、休日《きゅうじつ》に診察《しんさつ》をしたことはお気《き》になさらないで――。」

つばさちゃんママが、しゃべりだした。

「体調《たいちょう》の悪《わる》い方《かた》を診察《しんさつ》するのは、医者《いしゃ》として当然《とうぜん》です。でも、よかったですわ。主人《しゅじん》は土《ど》曜日《ようび》はいそがしくしておりますのよ。ゴルフやら会議《かいぎ》やらで。あの日《ひ》は、たまたま家《いえ》におりましたの。」

すごい早口《はやくち》だ。

「さすが『つばさちゃんママ』ね。〝じょうずなじまん話《ばなし》〟ねー。」

カノンがわたしの耳《みみ》もとで言《い》った。

「えっ、そうなの？」

どこらへんが〝じまん話《ばなし》〟なんだろう。わたしには、わからない。

「村木《むらき》は、つばさちゃんだけじゃなく、『つばさちゃんママ』にもきびしいんだな。」

だまってきいていた渚《なぎさ》が、ポツンとつぶやいた。

と、カノンのまゆげがキッと上《あ》がって——、

「〝つばさちゃんママにも〟の〝にも〟ってなによ？　まるで、わたしが——。」

小《ちい》さい声《こえ》でおこりだした。

「それよりさ、つばさちゃん親子《おやこ》、お店《みせ》の定休日《ていきゅうび》になんの用事《ようじ》があるんだろう？　ねっ！」

わたしは、またあわててふたりの間《あいだ》に入《はい》ってきいた。すると——。

つばさちゃんがクルッとふりむいて、わたしのほうに歩《ある》いてきた。

きこえたのかな？　悪口《わるくち》を言《い》ったわけじゃないけど、ドギマギしちゃう。なんてカンがいいんだろう。わたし、つばさちゃんのことキライじゃない。けど、苦手《にがて》だ……。

「わたしの用事《ようじ》は、ママがあずかったお手紙《てがみ》をとどけにきたの。カノンちゃんと渚《なぎさ》くんの分《ぶん》もあるわよ——。」

と言《い》って、バッグの中《なか》からプリン色《いろ》の封筒《ふうとう》を三つ出《だ》した。

「はい、『星野《ほしの》すばるさま』『村木《むらき》カノンさま』、そして『山本渚《やまもとなぎさ》さま』。」

あて名《な》がキャラメル色《いろ》のインクで書《か》いてあるぞ。おいしそうなお手紙《てがみ》ね。

「どうもありがとう。」

りっぱに書《か》かれた自分《じぶん》の名前《なまえ》を見《み》ながら、お礼《れい》を言《い》った。

「……電話《でんわ》くれたら、とりにいったのに。」

カノンがポツンと言《い》った。

「つばさちゃん。いそがしいのに、ほんとうにありがとう。」

渚《なぎさ》がカノンの分《ぶん》までていねいにお礼《れい》を言《い》った。

だれからのお手紙《てがみ》かしら？　差出人《さしだしにん》は『安藤遼平《あんどうりょうへい》（セルジュ）』と、書《か》いてある。

セルジュってなに？　ヘンなの。外国人《がいこくじん》だか日本人《にほんじん》だか……。

だけど、この名前《なまえ》、どこかで聞《き》いたことがあるぞ。

「あーっ、わかった、あのセルジュだ！」

思《おも》わず大声《おおごえ》を出《だ》してしまった。

セルジュってね、金髪《きんぱつ》のスイーツ・ライターさんだ。スイーツ・ライターってね、おい

しいスイーツをいっぱい取材《しゅざい》して、雑誌《ざっし》やブログに記事《きじ》を書《か》くお仕事《しごと》の人《ひと》だよ。

セルジュさんが紹介《しょうかい》するスイーツは、どれも大《だい》ヒットするから、『カリスマ・スイーツ・ライター』とか『スーパー・スイーツ・プリンス』って言《い》われてたんだ。

「オレも思《おも》いだした。チョコレートを作《つく》りまくったバレンタインのパーティー！　セルジュのおかげで、大変《たいへん》だったよなぁ……。」

渚《なぎさ》が、ため息《いき》をついた。

わたしたち、二月《がつ》にクロエ先生《せんせい》と『出張《しゅっちょう》パティシエ』をしたの。お客《きゃく》さまの家《いえ》で、チョコレートを作《つく》ったんだ。セルジュさんも来《き》ていて、パーティーは最高《さいこう》にもりあがってたんだけど、ちょっとした事件《じけん》があって——。（くわしくは『キセキのチョコレート』というお話《はなし》でどうぞ。）

「あんなハプニングが起《お》こるとは、想像《そうぞう》つかなかったね。」

わたしは、カノンに言《い》った。

「おかげでわたしたち、チョコレート作《づく》りがとってもじょうずになったわ。」

カノンがニカッと笑《わら》った。

「手紙《てがみ》の差出人《さしだしにん》は、思《おも》いだした。でもさ、どうしてセルジュは、つばさちゃんのママに手《て》紙《がみ》をあずけたの？」

渚《なぎさ》がきいた。

ホントだ。つばさちゃんとは、クロエ先生《せんせい》のお店《みせ》で会《あ》ったよね。でも、つばさちゃんママとは会《あ》っていたかな？

「ママとセルジュさんは、最近《さいきん》お友《とも》だちになったの。SNS《エスエヌエス》って知《し》ってる？　それでママはセルジュさんとつながったの。ママは〝人脈《じんみゃく》〟があって、いろんな人《ひと》とSNS《エスエヌエス》でつながっているのよ。スゴイでしょ。」

黒目《くろめ》がちの瞳《ひとみ》をクリクリさせて、つばさちゃんが言《い》った。

〝じんみゃく〟と〝えすえぬえす〟両方《りょうほう》とも意味《いみ》がわからないし、なにが『スゴイ』のか、わからない。だけど——。

つばさちゃんママのおかげで、わたしたちはセルジュからのお手紙《てがみ》を受《う》けとることができたんだ。そう思《おも》うと『スゴイ』ね。

「……もう、じまんはいいから——。」

カノンが、わたしにだけきこえるように言《い》うと、封筒《ふうとう》を開《ひら》いた。
わたしも、封筒《ふうとう》を開《あ》けた。バニラの香《かお》りがするカードが、一枚《まい》だけ入《はい》ってる。

星野《ほしの》すばるさま

このたび、わたくしは『スイーツ・ホテル』を開業《かいぎょう》することになりました。つきましては、スイーツ・ライター時代《じだい》にお世話《せわ》になった方々《かたがた》をお招《まね》きして、プレオープンをいたします。ぜひ、おこしください！

日時《にちじ》　四月三日《がつみっか》　日曜日《にちようび》　十六時《じ》より　チェック・イン
　　　　四月四日《がつよっか》　月曜日《げつようび》　十五時《じ》より　オープニング・パーティー
☆翌日《よくじつ》は、オープニング・パーティーを開《ひら》きます。こちらもご出席《しゅっせき》くださいね！

シェフ・パティシエ・総支配人《そうしはいにん》　安藤遼平《あんどうりょうへい》

これって『ホテルでお泊《と》まりして、パーティーに出《で》てください。』ってことだよね？　わたしは手紙《てがみ》を見《み》ながら考《かんが》えてる。

セルジュさんがシェフ・パティシエって？　シェフは料理長《りょうりちょう》って意味《いみ》よね。パティシエの料理長《りょうりちょう》……。つまり、いちばんえらいパティシエさんなんだ。それでもって総支配人《そうしはいにん》？　どういうこと？　頭《あたま》の中《なか》で、いろんなことがグルグルまわってる。

「ホテルへ招待《しょうたい》されるなんて、セレブみたいね。」

カノンが、招待状《しょうたいじょう》を抱《だ》きしめて、ウットリしてる。

「あのね、カノンちゃん、『プレオープン』って、ただのお招《まね》きではないのよ。本格的《ほんかくてき》にホテルを開業《かいぎょう》するまえの、スタッフの『お仕事《しごと》の最終確認《さいしゅうかくにん》』の意味《いみ》もあるのよ。」

つばさちゃんが、グイッと前《まえ》に出《で》てきた。

「〝総支配人《そうしはいにん》〟つまり、ホテルのすごくえらい人《ひと》から招待《しょうたい》されたのだから、わたしたちは、選《えら》ばれたゲストとして――。」

つばさちゃんが、長々《ながなが》としゃべりはじめた。カノンがドンドンふきげんになっていく。

ヤバイ状態《じょうたい》だ――。

「……カノンの顔見《かおみ》て！　つばさちゃんのおしゃべりを止《と》めてよ……。」

わたしは、渚《なぎさ》の横腹《よこばら》をひじでツンツンして小声《こごえ》で言《い》った。

「ってかさー！『スイーツ・ホテル』って、どんなんだと思《おも》う？　ベッドがスポンジケーキ、シャワーをひねるとチョコレートがふってきたりして――。」

渚《なぎさ》がわざと楽《たの》しそうにして、しゃべりだした。

「渚《なぎさ》、それはないでしょ。ホテルの建物《たてもの》が、ケーキみたいなデザインじゃない？　テーマパークみたいにさ。ねっ、カノンはどう思《おも》う？」

わたしはカノンに言《い》った。

「……そうね、わたしの考《かんが》えは、ホテルのお部屋《へや》がスイーツみたいにカワイイのよ。キャンディーやゼリービーンズ、パフェをイメージした、ポップで、もちろんおいしいスイーツもいっぱい！」

カノンが楽《たの》しそうに答《こた》えた。やれやれー。ホント手間《てま》がかかるんだから……。

「ワクワクしてきたね。みんなで行《い》こう、『スイーツ・ホテル』。ご招待《しょうたい》されちゃったんだもん。」

わたしは行《い》く気満々《きまんまん》で言《い》った。

「すばる、招待状《しょうたいじょう》を見《み》せてちょうだい。」

つばさちゃんママとおしゃべりをしていたママが、急《きゅう》に話《はなし》に入《はい》ってきた。

「はい、これだよー。」

ママに招待状《しょうたいじょう》をわたした。

「これはダメよ。子《こ》どもだけで、ホテルへお泊《と》まりなんて――。」

ママは、まっすぐわたしを見《み》て、ピシャリと言《い》った。

うっそ……。こんなにもりあがっているのに、ダメって!?

そのひと言《こと》で、お店《みせ》の中《なか》がシーンとなった。カノンと渚《なぎさ》が、声《こえ》も出《で》ないほどおどろいてる。

「ホントにダメ？　お店《みせ》の試食会《ししょくかい》のお手伝《てつだ》いした〝ごほうび〟ってことで、いいって言《い》ってよ。がんばったんだよ。ねっ！」

もう一度《いちど》きいた。

「ダメって言《い》うより、むりよ。」

ガンコママが言《い》った。ダメって言《い》うときのママの顔《かお》、ホントにキツく見《み》えるの。ハーフだからかな？　鼻《はな》が高《たか》くて、うすいくちびるのママに、茶色《ちゃいろ》い瞳《ひとみ》でジッと見《み》つめられて、わたしは泣《な》きそうだ。

「あの――。」

沈黙《ちんもく》をやぶったのは、つばさちゃんだった。

「わたしと、わたしのママも招待《しょうたい》されています。だから子《こ》どもだけじゃありません。すばるちゃんを、行《い》かせてあげてください。」

わたしたちのために、いっしょうけんめいお願《ねが》いしてくれている――。

わたし、つばさちゃんのこと、〝苦手《にがて》〟だなんて思《おも》って悪《わる》かった。つばさちゃんに、『ごめんね。』って、こころの中《なか》であやまった。

「ママ、お願《ねが》い。つばさちゃんのママの言《い》うことよくきくから、おぎょうぎよくするから……ね!?」

「すばる……。緑川《みどりかわ》さんに、またご迷惑《めいわく》をかけるなんて、できないでしょう？」

ママがこまった顔《かお》で言《い》った。

「迷惑《めいわく》だなんて、とんでもありませんわ。ご招待客《しょうたいきゃく》は、大人《おとな》の方《かた》ばかりでしょうから、娘《むすめ》が退屈《たいくつ》してしまいます。すばるちゃんたちといっしょなら、楽《たの》しいと思《おも》うんです……。ですから、ぜひ！」

つばさちゃん親子《おやこ》の力強《ちからづよ》い言葉《ことば》のおかげで、ママがしぶしぶだけど、オッケーしてくれた。やったぁ〜☆

つばさちゃんママは、つばさちゃんが言《い》ってたとおり〝スゴイ〟人《ひと》なんだよ。

すぐに渚《なぎさ》のお母《かあ》さんに電話《でんわ》をして、ホテルへ泊《と》まる話《はなし》をしたの。電話《でんわ》ごしに、渚《なぎさ》のお母《かあ》さんの『お世話《せわ》になります。』って声《こえ》がきこえ、渚《なぎさ》がガッツポーズをとった。

そしていまは、カノンのママに電話《でんわ》をしている。

「――ええ、わたくしもそう思《おも》いますわ。おぎょうぎを学《まな》ぶいい機会《きかい》だと……。はい、おまかせください。」

カノンのママと、もりあがりながら話《はな》してる。そして、電話《でんわ》を切《き》ってニッコリした。

いやー、ほんとうにスゴイわー。わたしたち三人《にん》……じゃない五人《にん》は、めでたく四月三《がつみっ》日《か》に、『スイーツ・ホテル』にお泊《と》まりすることになりました！

「つばさちゃんママ、どうぞよろしくお願《ねが》いいたします。」

わたしたちは、声《こえ》をそろえてペコッとした。

「はい、こちらこそ☆」

つばさちゃんママがニコッと答《こた》えてくれた。

「――だけど、ヘンだよね。」

渚《なぎさ》が、ポツンと言《い》った。もう、いろいろうまく行《い》ったんだから、よけいなことを言《い》わないでほしいな。

「なにがヘンなのよ……。」

わたしは渚《なぎさ》の耳《みみ》もとで、コソッときいた。

「村木《むらき》の家《いえ》で見《み》たブログには『スイーツ・ライターをやめて、パティシエをめざして修業《しゅぎょう》する。』って書《か》いてあった。アレ、ついこのまえだぜ。もう、パティシエになっちゃったの？　しかも、シェフ・パティシエって、いちばんえらいパティシエだろう――。おかしくない？」

渚《なぎさ》の言《い》うこともわかる。だけどあごに手《て》をあて、考《かんが》えてるポーズとってる渚《なぎさ》のほうがおかしいよ。

つばさちゃんの前《まえ》だと、いつもかっこつけるんだから。

「そんなの直接《ちょくせつ》セルジュさんにきいたらいいじゃない。それより問題《もんだい》はお洋服《ようふく》よ。なにを着《き》ていこうか、迷《まよ》うなぁ……。」

カノンは渚《なぎさ》の疑問《ぎもん》より、お洋服《ようふく》のほうが大事《だいじ》みたい。

『スイーツ・ホテル』――。知《し》りたいことがいっぱい。ワクワクが止《と》まらないよ。

早《はや》く土曜日《どようび》にならないかな！

4　いざ、『スイーツ・ホテル』へ！　レポートはカノンです☆

こんにちは！　カノンです。

今日《きょう》は『スイーツ・ホテル』へお泊《と》まりの日《ひ》です。もう、夢《ゆめ》みたい。ホントうれしい！

いまからドッキドキしているの。

だってね、今年《ことし》の春休《はるやす》みは、〝わたし史上最高《しじょうさいこう》に地味《じみ》〟だったんだもん。なんと家族《かぞく》のイベントが〝お彼岸《ひがん》のお墓《はか》まいり〟だけ！

パパの仕事《しごと》がいそがしくて、どこへも連《つ》れていってもらえなかったんだよ。

それが、最後《さいご》の最後《さいご》で〝スイーツ・ホテルへご招待《しょうたい》〟だなんて！　〝わたし史上最高《しじょうさいこう》〟の春休《はるやす》みに逆転《ぎゃくてん》しちゃった。

お泊《と》まりの用意《ようい》はかんぺき。では、いよいよお着《き》がえです。

スウェット素材《そざい》のグリーンのワンピに着《き》がえた。長《なが》そでのえりナシでシンプルなんだけど、スカート部分《ぶぶん》がフレアーのミニってところが、キュートなの。

これに黄色《きいろ》の靴下《くつした》と水色《みずいろ》の厚底《あつぞこ》スニーカーを合《あ》わせるんだ。超決《ちょうき》まっているでしょ？金髪《きんぱつ》でオシャレなセルジュさんのホテルだもん。ポップで楽《たの》しいファッションが似合《にあ》うと思《おも》って、お洋服《ようふく》をコーデしたんだ。

「カノンー―、すばるちゃんが来《き》たわよー。」

お部屋《へや》の外《そと》から、アンナお姉《ねえ》ちゃんの声《こえ》がした。

「はーい、いま行《い》くー！」

と返事《へんじ》をして、玄関《げんかん》へ走《はし》って、おどろいた。

すばるが、巻《ま》きスカートとピンクのニット・アンサンブルを着《き》ているの。いつもT《ティー》シャツ、トレーナー、デニムが定番《ていばん》なのに！

「ママがね、『ホテルへ行《い》くのだから、デニムはダメ。』って……。足《あし》がスカスカするよ。」

すばるがはずかしそうに言《い》った。

「ちょっと地味《じみ》だけど、カワイイ！　似合《にあ》ってるよ。」

わたしは〝オシャレ一年生《ねんせい》〟のすばるに言《い》った。

——ピンポーン。

インターフォンが鳴《な》った。

「きっと、渚《なぎさ》だね。」

玄関《げんかん》の引《ひ》き戸《ど》をあけて、わたしはまたまたビックリ。白《しろ》いボタンダウンのシャツ、黒《くろ》のズボン、V《ブイ》ネックのグレーのセーターを着《き》ているんだもん。ちっちゃい渚《なぎさ》、なんかかわいい！

「うわー、渚《なぎさ》ったら、合唱《がっしょう》コンクールに出《で》るみたいな服《ふく》！」

すばるがクスッと笑《わら》った。

「笑《わら》うなよ。お母《かあ》さんが、『コレを着《き》ないとホテルへ行《い》かせない。』って言《い》うから……。」

渚《なぎさ》がぶっきらぼうに答《こた》えた。ふたりのファッションがイマイチなのは、しかたがない。

さぁ、クロエ先生《せんせい》が来《き》たら、いよいよ出発《しゅっぱつ》ですー！

そうなの、クロエ先生《せんせい》もいっしょに行《い》くの。セルジュは、クロエ先生《せんせい》にも招待状《しょうたいじょう》を出《だ》していたんだよ。

お世話《せわ》になるのに悪《わる》いけど、わたし、つばさちゃんママも、苦手《にがて》なんだ。クロエ先生《せんせい》が

いっしょで、ほんとうに助《たす》かった。もう、なんの心配《しんぱい》もないね☆

『スイーツ・ホテル』でお泊《と》まり、お泊《と》まり♪

そしてパーティー、パーティー♪

あー、ワクワクしすぎておちつかない。

「生《い》きててよかったー！」

空《そら》に向《む》かって、さけんでみた。

「うわっ、おどろいた。村木《むらき》、お願《ねが》いだから、おちついてくれ……。」

渚《なぎさ》がシラッとした顔《かお》で言《い》った。

「楽《たの》しみだから、しかたがないよね。クロエ先生《せんせい》、まだかなぁ。」

すばるが、玄関《げんかん》から出《で》たり入《はい》ったりして言《い》った。

あのね、スイーツ・ホテルは、Y《ワイ》市《し》にあるんだって。

わたしたちの住《す》むS《エス》市《し》から、Y《ワイ》市《し》へ行《い》くには、電車《でんしゃ》を乗《の》りついで二時間《じかん》以上《いじょう》かかるんだ。Y《ワイ》市《し》はK《ケー》県《けん》にあるから、東京《とうきょう》を通《とお》りこすんだよ。ちょっと遠《とお》いから、クロエ先生《せんせい》が『わたしの車《くるま》で行《い》きましょう。』って言《い》ってくれたの。ホテルまでドライブ、ステキでしょう。

わたしね、つばさちゃんをさそったんだよ。えらいでしょ？

クロエ先生《せんせい》の車《くるま》は七人《にん》乗《の》れるんだもんね。

「『みんなでいっしょに行《い》きませんか？』と、クロエ先生《せんせい》が言《い》っています。」

ってね。そうしたら、つばさちゃんは、なんて言《い》ったと思《おも》う？

「ごめんなさい。よそのおうちの車《くるま》は、車酔《くるまよ》いしちゃうの。」

って、速攻《そっこう》でことわったんだよー。

信《しん》じられないよね。まっ、つばさちゃんらしいから、おこる気《き》にもなれなかったけど。

「ねぇ、つばさちゃんたち、もうホテルへついてるかなあ？」

わたしは、つばさちゃんちのドイツ製《せい》の車《くるま》を思《おも》いうかべて言《い》った。

「そうだねー。つばさちゃんママ、はりきってたからね。」

すばるがマジメな顔《かお》で答《こた》えた。

「――ってかさ、村木《むらき》の荷物《にもつ》が大《おお》きすぎ。なに入《はい》ってるの？」

渚《なぎさ》が、わたしのスーツケースを指《ゆび》でつつきながら言《い》った。

「まちあわせがカノンの家《いえ》って、おかしいと思《おも》ったんだ。荷物《にもつ》が大《おお》きくて、歩《ある》きたくなかったんだね。」

すばるも、ヤレヤレって顔《かお》してる。

「お泊《と》まりグッズと明日《あす》のパーティーのお洋服《ようふく》、それから、毛布《もうふ》よ。」

キリッと答《こた》えたら、すばると渚《なぎさ》の目《め》がまんまるくなった。赤《あか》ちゃんのころから使《つか》っているピンク色《いろ》の毛布《もうふ》。すごく小《ちい》さくて、古《ふる》いんだけど、あれをさわっていないと安心《あんしん》して寝《ね》られないんだもん。家族旅行《かぞくりょこう》でも、ふつうに持《も》っていくし。

おかしいかな?

——ブロロロロ。

地面《じめん》から、低《ひく》いエンジン音《おん》が伝《つた》わってきた。クロエ先生《せんせい》の車《くるま》だ! 紺色《こんいろ》のステーションワゴンが門《もん》の前《まえ》で止《と》まった。車《くるま》に荷物《にもつ》をつめこんだ。

「では、行《い》ってまいります。」

「よろしくお願《ねが》いします。」

クロエ先生《せんせい》とママがあいさつして、いよいよ出発《しゅっぱつ》だ。

「わたし、助手席《じょしゅせき》がいい！」

ドアをあけて、ストンとすわった。

「カノン、シートベルトをしっかりするのよ。」

車《くるま》の中《なか》をのぞいて、アンナお姉《ねえ》ちゃんが言《い》った。

「わかってるってー。では、いってきまーす！」

わたしは、助手席《じょしゅせき》でママとアンナお姉《ねえ》ちゃんに手《て》をふった。

クロエ先生《せんせい》の運転《うんてん》は、パパみたい。ビュンビュン走《はし》ってS市《エスし》から東京《とうきょう》へ入《はい》った。渋滞《じゅうたい》もしたけど、予定《よてい》どおり。いまはね、湾岸高速《わんがんこうそく》を快適《かいてき》に走《はし》ってるよ。

「ねぇ、見《み》て！　大《おお》きな橋《はし》が見《み》えてきたよ。」

うしろからすばるが楽《たの》しそうに指《ゆび》さした。大《おお》きくてカッコイイ橋《はし》の上《うえ》をビュンビュン走《はし》る。海《うみ》も空《そら》も青《あお》くて、最高《さいこう》の気分《きぶん》だ。いよいよK県《ケーけん》だ。

「みなさん、湾岸高速《わんがんこうそく》とお別《わか》れです。Y市《ワイし》へ入《はい》りますよ。」

クロエ先生《せんせい》がスピードを落《お》としながら言《い》った。

「あこがれの港町《みなとまち》、Y市《ワイし》！　見《み》て、歩《ある》いている人《ひと》がみんなオシャレねー。」

わたし、うれしくてたまらない。

「村木《むらき》、『オシャレは東京《とうきょう》!』っていつも言《い》ってるのに、『みんなオシャレね。』だってさー。」

渚《なぎさ》の声《こえ》がうしろからきこえてきた。

「これだからファッション・オンチはこまるのよ。東京《とうきょう》とY市《ワイし》は、ファッションの傾向《けいこう》がぜんぜんちがうんだから。あのね、つねに流行《りゅうこう》の……。」

グイッとふりかえって身《み》をのりだし、渚《なぎさ》に説明《せつめい》していたら——。

「村木《むらき》さん、前《まえ》をむいて。危《あぶ》ないですよ。」

クロエ先生《せんせい》におこられてしまった。

車《くるま》は海側《うみがわ》から山側《やまがわ》へのびる坂《さか》を登《のぼ》っていく。

歩道《ほどう》も広《ひろ》くて、カワイイお店《みせ》がいっぱいならんでる。楽《たの》しそうに歩《ある》いている人《ひと》たちを見《み》てると、ワクワクしちゃうね。

「ホテルのある喜多野町《きたのちょう》は、明治時代《めいじじだい》に貿易《ぼうえき》で栄《さか》えた街《まち》なんですよ。中華街《ちゅうかがい》があったり、外国人《がいこくじん》の住《す》んでいた古《ふる》いお屋敷《やしき》がたくさん残《のこ》っていたりするの。それから——。」

クロエ先生《せんせい》が、運転《うんてん》しながら説明《せつめい》してる。

「人気《にんき》のお菓子屋《かしや》さんもたくさんありますよ。ほら、ひとつ見《み》つけましたよ。」

信号《しんごう》で止《と》まったタイミングで、窓《まど》の外《そと》を指《ゆび》さして言《い》った。

「わぁ、『イル・マーレ』だ！　はじめて見《み》た。」

雑誌《ざっし》によく出《で》てるオシャレなケーキ屋《や》さんに、わたしたちは大興奮《だいこうふん》だ。

「もうすぐつくはずなんだけど……。みなさん、窓《まど》から探《さが》してください。」

クロエ先生《せんせい》が車《くるま》のスピードを落《お》として言《い》った。

「窓《まど》からって……。ナビは使《つか》わないんですか？」

わたしは不思議《ふしぎ》に思《おも》ってきいた。

「ナビ？　なんです、それ。」

赤信号《あかしんごう》で止《と》まって、クロエ先生《せんせい》がわたしに向《む》いてきいた。

「カノン、ケータイもパソコンもないクロエ先生《せんせい》の車《くるま》に〝カーナビ〟がついてるわけ、ないでしょ。さっ、ホテルを探《さが》そう。」

すばるが窓《まど》から外《そと》を見《み》ながら言《い》った。

「あっ、ありました。ほら、『Sweets《スイーツ》 Hotel《ホテル》――スイーツ・ホテル→』って
いう案内板《あんないばん》が出《で》てる――。」
渚《なぎさ》が大《おお》きな声《こえ》で言《い》った。
矢印《やじるし》のとおり右折《うせつ》したら、人通《ひとどお》りがどんどん少《すく》なくなっていく。山《やま》が間近《まぢか》にせまってい
るからね。その山《やま》の中腹《ちゅうふく》、緑《みどり》の中《なか》に石造《いしづく》りの建物《たてもの》が見《み》えてきた。
「なんか、お城《しろ》みたい。オレ、温泉《おんせん》にあるホテルを想像《そうぞう》してたんだ。」
渚《なぎさ》がおどろいてる。
お城《しろ》はおおげさでしょう。でも、ステキね。ドキドキしてきた……。
クロエ先生《せんせい》の車《くるま》は、建物《たてもの》へとつづく石畳《いしだたみ》の坂道《さかみち》をゆっくり走《はし》る。スゴイスゴイ、まるで
外国《がいこく》へ来《き》たみたい。ゆるやかなカーブをまがり、石造《いしづく》りの玄関《げんかん》アプローチが見《み》えてきた。
「さぁ到着《とうちゃく》です。」
クロエ先生《せんせい》の車《くるま》が、止《と》まった。
グレーの制服《せいふく》を着《き》て、グレーのシルクハットをかぶったドアマンのお兄《にい》さんが、音《おと》をた
てずにドアをあけてくれた。「いよいよ、ホテルへ入《はい》るんだ！」って、ピョーンと車《くるま》から

出《で》ようとしたら、ママの言葉《ことば》を思《おも》いだした。

「ママがいないからといって、バタバタしてはいけません。ホテルでは、立《た》ち居《い》ふるまいに気《き》をつけること。」

指切《ゆびき》りまでしたんだった。

わたしは、せいいっぱい背《せ》すじをのばして、足《あし》をそろえて（これがたいへんむずかしい）、車《くるま》からおりた。

長《なが》い足《あし》をもてあましながら、すばるがゆっくりとおりてきた。

渚《なぎさ》はずっと下《した》を向《む》いたまま。車《くるま》からおりても、ドアマンのお兄《にい》さんと目《め》を合《あ》わせないようにしてる。渚《なぎさ》ってね、人見知《ひとみし》りなんだよ。なれるまで、時間《じかん》がかかるんだ。

クロエ先生《せんせい》は荷物《にもつ》をおろしてもらい、車《くるま》のキーをホテルの人《ひと》にあずけた。高級《こうきゅう》ホテルだと、ホテルの人《ひと》が車《くるま》を駐車場《ちゅうしゃじょう》にとめてきてくれるんだって。びっくり！

「では、まいりましょう。」

クロエ先生《せんせい》といっしょに、『スイーツ・ホテル』の玄関《げんかん》へ入《はい》った。

大《おお》きな洋館《ようかん》を、ホテルに改築《かいちく》したんだって。玄関《げんかん》ホールは、とても上品《じょうひん》な雰囲気《ふんいき》。

まんなかに大《おお》きな花《か》びんがあって、桜《さくら》の花《はな》が活《い》けてある。それをかこむように、革《かわ》ばりのイスが数脚《すうきやく》……。

「見《み》て、ミルク色《いろ》のシャンデリアよ。キレイ……。」

すばるが天井《てんじょう》を見《み》てつぶやいた。シャンデリアのまわりに、天使《てんし》の絵《え》が描《か》いてある。なんて美《うつく》しいんだろう。

「外国《がいこく》のホテルって、きっとこんな感《かん》じなんだろうなー。」

渚《なぎさ》がマジメな顔《かお》で言《い》った。

「チェック・インしますね。まっててください。」

クロエ先生《せんせい》は、フロントへ。わたしはイスに腰《こし》かけてみた。ちょっと固《かた》いけど、大《おお》きくてすわり心地《ごこち》がいいね。

「床《ゆか》のじゅうたん、フカフカだぁ。」

すばるが楽《たの》しそうに、わたしのまわりを歩《ある》いてる。

腰《こし》かけたまま、玄関《げんかん》ホール全体《ぜんたい》を見《み》まわしてみた。外観《がいかん》は石造《いしづく》りだけど、中《なか》は柱《はしら》やかべに木《き》がふんだんに使《つか》われている。

いい雰囲気《ふんいき》だなぁ……。

すばるが思《おも》ったみたいに、外観《がいかん》がケーキでもない。わたしが考《かんが》えたみたいにゼリービーンズ色《いろ》のポップな内装《ないそう》でもない。セルジュのイメージが、ひとかけらも、ない……。

目《め》につくもの、すべてが上品《じょうひん》。『スイーツ・ホテル』は、わたしたちの想像以上《そうぞういじょう》だ。

そして想像以上《そうぞういじょう》に、わたしのお洋服《ようふく》が、浮《う》いている!?

ゼリービーンズとパフェのイメージでキメた服《ふく》が、おちついたホテルの中《なか》で悪目立《わるめだ》ちしてる……。

合唱《がっしょう》コンクールに出場《しゅつじょう》するみたいな服《ふく》の渚《なぎさ》、地味《じみ》なコーデのすばるのお洋服《ようふく》のほうが、ピッタリと合《あ》っているなんて——。

どうしてわたし、グリーンのスウェット・ワンピと黄色《きいろ》の靴下《くつした》と水色《みずいろ》の厚底《あつぞこ》スニーカーにしたんだろう?

あーあ、お嬢様風《じょうさまふう》の白《しろ》いえりつきの紺《こん》のワンピにすればよかったなぁ。

フーッとため息《いき》をついた、そのとき——、

「ちびっ子《こ》パティシエくんたち、『スイーツ・ホテル』へようこそ!」

うしろから、なつかしい声《こえ》がきこえた。

セルジュさん？　と、ふりむいてビックリ。

まっ白《しろ》いコックコートに高《たか》いコック帽《ぼう》をかぶったカッコイイ男《おとこ》の人《ひと》が、ニッコリとほほえんでいるの。

「うわぁ、セルジュさん!?　ほんとうにパティシエさんになってる――。」

わたしたちは、大変身《だいへんしん》したセルジュさんに、目《め》がくぎづけ。

金髪《きんぱつ》で黒《くろ》ずくめのスーツを着《き》ていたスイーツ・ライターのセルジュが、黒髪《くろかみ》で白《しろ》いコックコートに身《み》をつつんだパティシエさんになっているなんて！

「ご招待《しょうたい》ありがとう。でも、まぁ――。」

クロエ先生《せんせい》はそう言《い》って、セルジュを上《うえ》から下《した》まで、ゆっくり見《み》た。

「ようこそ、おこしくださいました。マダム・クロエ。さぁみなさん、どうぞこちらへ。楽《たの》しいものを用意《ようい》しました。」

赤《あか》いじゅうたんの上《うえ》を、まっ白《しろ》いコックコートのセルジュが歩《ある》いていく。お客《きゃく》さまに笑顔《えがお》であいさつするようすは、スイーツ・ライターのころとはぜんぜんちがう。

どうして？　なぜ？　どうやって？　ききたいことはいっぱいあるけど、いまはじゅうたんの上《うえ》を歩《ある》くことに集中《しゅうちゅう》しなくちゃ。

まっすぐ前《まえ》を見《み》て、背《せ》すじをピンとして、ひざをスッとのばして……。ママと『ホテルではおぎょうぎよくふるまう。』って約束《やくそく》しているからね。厚底《あつぞこ》の靴《くつ》でドタドタ歩《ある》いてたら、かっこ悪《わる》いもん。レッドカーペットを歩《ある》く子役《こやく》スターのつもりで、シュッシュッとね。

「こちらがチェック・インなさったお客《きゃく》さまをお通《とお》しする『ティールーム』です。」

セルジュが木製《もくせい》の大《おお》きな扉《とびら》をあけた。

「すてき……。」

テーブルとイスがゆったりと配置《はいち》してある。どっしりとしたテーブル、王様《おうさま》のマントみたいな生地《きじ》のイス、高級感《こうきゅうかん》がスゴイ。

かべ紙《がみ》は、ユリをモチーフにしたもようだ。そこにユリの花形《はながた》の照明《しょうめい》がついてる。

「あの、写真《しゃしん》をとってもいいですか？」

わたしはポケットの中《なか》からデジカメを出《だ》して、きいた。

「プレオープンなので、スイーツの写真《しゃしん》はおことわりしているんだ。でもね、部屋《へや》の写真《しゃしん》はかまわないよ。マントルピースの前《まえ》でキミたちをとってあげよう。ディスプレイにこだわったフォト・スポットだよ。」

セルジュさんが言《い》った。まんとるぴーす？

「マントルピースとは、暖炉《だんろ》のまわりの飾《かざ》りのことよ。」

クロエ先生《せんせい》が教《おし》えてくれた。

へー、この彫刻《ちょうこく》された石《いし》のかこいが、マントルピースなんだ。暖炉《だんろ》の炎《ほのお》から人《ひと》やものを保護《ほご》するものなんだろうけど、豪華《ごうか》な飾《かざ》り台《だい》みたい。

マントルピースの上《うえ》、金属製《きんぞくせい》のお菓子《かし》の型《かた》が飾《かざ》ってある。まんなかに穴《あな》があいていて、新《あたら》しいものから古《ふる》いもの、いろいろだ。

わたしたちが見《み》ていると、クロエ先生《せんせい》がそばに来《き》た。

「これは焼《や》き菓子《がし》のクグロフの型《かた》です。まぁ、見《み》てください。どの型《かた》も、みぞのデザインがちがいます。古《ふる》いもの、新《あたら》しいもの、いろいろありますね。」

ひとつひとつ手《て》にとって見《み》ている。

「へー、焼《や》き菓子《がし》の型《かた》って、こんなに大《おお》きなものもあるんだ。」

すばるが、クグロフ型《がた》を手《て》にして言《い》った。ホント両手《りょうて》で持《も》つような大《おお》きさの焼《や》き菓子《がし》の型《かた》って、はじめて見《み》たよ。

「クグロフはフランス、オーストリアで定番《ていばん》の焼《や》き菓子《がし》なの。家族《かぞく》や友《とも》だちと、切《き》りわけて食《た》べるんですよ。」

クロエ先生《せんせい》がニッコリとほほえんだ。

「セルジュさん、ここにある型《かた》は、使《つか》わないの？」

わたしは、なにげなくきいてみた。

「ボクは焼《や》き菓子《がし》は作《つく》らないの。だからディスプレイにしたんですよ。さぁ、こっちもいい写真《しゃしん》がとれますよ。」

そっけなく答《こた》えて、窓辺《まどべ》へ歩《ある》いていっちゃった。気《き》にさわったのかなぁ……。

若草色《わかくさいろ》のカーテンが下《さ》がった窓《まど》、そのカーテンをとめる上等《じょうとう》なタッセル、窓《まど》から見《み》える手入《てい》れの行《い》きとどいた花壇《かだん》！　たしかに、ここもステキだわ。いっぱい写真《しゃしん》をとってもらったけど、あーぁ……。

こういうの〝クラシック〟って言《い》うのよね。ますますお洋服《ようふく》のコーデの失敗《しっぱい》がくやまれるわたし。はぁ……。

「カノンちゃん！」

ため息《いき》をついたとき、わたしを呼《よ》ぶ声《こえ》がした。この元気《げんき》な声《こえ》は、つばさちゃんだ。やっぱり先《さき》についていたんだね。と、声《こえ》のするほうをみたら――。

「う、うそでしょ。」

つばさちゃんの服《ふく》、白《しろ》いえりつきの紺色《こんいろ》ワンピだ!?

わたしの理想《りそう》と、かぶってるじゃないの。しかも、想像《そうぞう》したとおり、この場所《ばしょ》にピッタリ似合《にあ》ってる。激《げき》かわいい！

『そのお洋服《ようふく》、かわいいね。つばさちゃん……。』

ってほめればいいのに、どうしても言《い》えない。ダメだなぁ、わたし――。

お洋服《ようふく》に罪《つみ》はないのにね。

5 なぜ、おやつが五時《じ》!? すばるが徹底《てってい》レポートします

「こちらのテーブルへどうぞ。」

セルジュさんが、優雅《ゆうが》に手《て》をさしだした。楕円形《だえんけい》のテーブルに、まっ白《しろ》で上質《じょうしつ》なクロスがかけてある。その下《した》から、こったデザインのテーブルの足《あし》が見《み》えた。きっと、すごく上等《じょうとう》な外国《がいこく》のテーブルなんだろうな。

「ねぇ、このイスの布《ぬの》、王様《おうさま》のマントみたいね。」

カノンが、赤《あか》い布《ぬの》のイスにすわりながら言《い》った。

ホントだ、うまいこと言《い》うね。背《せ》もたれを指《ゆび》でなでたら、スーッとあとがついた。やわらかくて、なんて心地《ここち》がいいイスなんだろう。

「ウェルカム・スイーツをお楽《たの》しみください。」

セルジュさんがにっこりとほほえんだ。

「うえるかむすぃーつ、どんなお菓子《かし》なのかな?」

わたしたちは、顔《かお》を見合《みあ》わせた。

「ウェルカムとは、〝ようこそ〟という意味《いみ》だよ。ご宿泊《しゅくはく》のお客《きゃく》さまにお出《だ》しする、歓迎《かんげい》のスイーツです。」

セルジュさんはそう言《い》うと、指《ゆび》をパチンッと鳴《な》らした。

黒服《くろふく》で蝶《ちょう》ネクタイをつけた男《おとこ》の人《ひと》が、お皿《さら》が三段重《だんがさ》ねのスタンドを運《はこ》んできた。

目《め》の前《まえ》におかれて、ビックリ。銀色《ぎんいろ》のスタンドに、金《きん》で縁《ふち》どられた白《しろ》いお皿《さら》が縦《たて》に三枚《まい》。それぞれのお皿《さら》にスイーツがのっていて、すごい存在感《そんざいかん》!　高《たか》さは四十センチはありそう。

それがドーンと三つ運《はこ》ばれてきた。ってことは、ふたりでひとつだね。

「これ、すごくないか?　まるでスイーツタワーだ。」

渚《なぎさ》がうれしそうに言《い》った。

「すばる、ボーッとしてないでノート、ノート!」

カノンに言《い》われて、いつもの『パティシエへの道《みち》』を、いつものバッグから出《だ》した。そ

うだった。『スイーツ・ホテル』をしっかりレポートするって決《き》めてたんだ。

わたしはノートをひろげて、ペンをにぎった。

「イギリスのアフタヌーン・ティーね。ステキですわ。」

つばさちゃんママがうれしそうな声《こえ》を上《あ》げた。

「四時《じ》にチェック・インの意味《いみ》がわかりました。〝ファイブ・オクロック・ティー〟に合《あ》わせたのね。」

クロエ先生《せんせい》がセルジュを見《み》て言《い》った。

「そうなんです。これがボクの〝ホスピタリティ〟。アフタヌーン・ティーをゆっくり楽《たの》しんでください。」

セルジュが胸《むね》をはって答《こた》えた。

「ホスピタリティ？」

わたしが首《くび》をかしげたら、つばさちゃんママがニコッとほほえんで教《おし》えてくれた。

「〝おもてなし〟って意味《いみ》ですよ。」

あー、それなら知《し》ってる。パパもよく『おもてなし』って言葉《ことば》使《つか》ってるもの。

「アフタヌーン・ティーは、十九世紀《せいき》、ヴィクトリア女王時代《じょおうじだい》に生《う》まれた習慣《しゅうかん》でね——。」

セルジュが楽《たの》しそうに話《はな》しはじめた。わたしは、いっしょうけんめいメモをしてる。はじめてきくことを、ノートにまとめるって大変《たいへん》。でも、楽《たの》しい。

「イギリスの貴族《きぞく》たちは、夕食《ゆうしょく》まえにサンドウィッチとお菓子《かし》の軽食《けいしょく》を楽《たの》しんでいたんだ。その時間《じかん》が、ファイブ・オクロック。つまり〝五時《じ》〟。これが『アフタヌーン・ティー』だよ。」

イギリスのおやつは、五時《じ》なんだ。ずいぶんおそいんだな、と思《おも》いながら、アフタヌーン・ティーのスタンドの絵《え》と、〈アフタヌーン・ティーはイギリスの昔《むかし》のしゅうかん。午後《ご》五時《じ》。〉とノートに書《か》いた。スイーツの絵《え》も描《か》かなくっちゃ。

「五時《じ》におやつ食《た》べたら、うちのママはぜったいおこるよ。たまにおなかすいて食《た》べちゃうけど。」

カノンがコソッと言《い》った。

「そうそう、そんで夕飯《ゆうはん》を残《のこ》したら、もう大変《たいへん》な事態《じたい》になるんだ……。」

渚《なぎさ》が真剣《しんけん》な顔《かお》で語《かた》ってる。よほど〝大変《たいへん》な事態《じたい》〟が起《お》きたんだろうなー。

「当時《とうじ》のイギリス上流社会《じょうりゅうしゃかい》の習慣《しゅうかん》は、たっぷりの朝食《ちょうしょく》、軽《かる》い昼食《ちゅうしょく》、そして九時《じ》ごろからのおそい夕食《ゆうしょく》だったんですよ。五時《じ》に軽食《けいしょく》をとらないと、おなかがすいてガマンできなかったんでしょうね。」

クロエ先生《せんせい》が楽《たの》しそうに説明《せつめい》してくれた。

「アフタヌーン・ティーと言《い》えば、濃《こ》いめにいれた紅茶《こうちゃ》だよ。」

セルジュが、また手《て》をスッと上《あ》げた。

すると、今度《こんど》はグレーのワンピースを着《き》た女《おんな》の人《ひと》がやってきた。紅茶《こうちゃ》セットがのっているワゴンを押《お》してる。しわひとつないまっ白《しろ》いエプロン。頭《あたま》にレースのフリフリをつけてる。

「見《み》て、ヘッドドレスつけてる。カワイイわね。」

カノンの目《め》がキラキラってなった。

目《め》の前《まえ》に、たくさんのスイーツと濃《こ》いミルクティー。まるで夢《ゆめ》のよう……。

ノートをおいて、さぁ食《た》べるぞ！

わたしは、いちばん上《うえ》のプチフールに手《て》をのばした。

「ケーキスタンドは、いちばん下《した》のトレイから順番《じゅんばん》に食《た》べていくのよ。定番《ていばん》はサンドウィッチですが、これはタルトですね。」

つばさちゃんママがとり皿《ざら》を手《て》に、ニッコリ笑《わら》った。順番《じゅんばん》があるなんて、知《し》らなかった。

では、タルトをお皿《さら》にとって、いただきます——。

「おいしい……。」

上等《じょうとう》なバターの香《かお》りと、キャラメルのかかったクルミの香《かお》りがたまらない。

「サクッとして、ホロッとしていて、最高《さいこう》のタルト生地《きじ》!」

カノンが目《め》をクリクリして言《い》った。

「わたしね、タルト大好《だいす》き。木《き》の実《み》のタルト、こんなに香《こう》ばしいのは、はじめて。」

つばさちゃんがニッコリした。

「うまい……。そしてミルクティーも濃《こ》くておいしい。」

渚《なぎさ》が、金色《きんいろ》に縁《ふち》どられた赤《あか》いティーカップを持《も》って、うっとりしている。

「さぁ、二段目《だんめ》!　これはスコーンだね。」

カノンがうれしそうにお皿《さら》にとった。スコーンって知《し》ってる？　手《て》のひらサイズで、厚《あつ》みのあるビスケットみたいな焼《や》き菓子《がし》だよ。

『しっとりしていたら、スコーンじゃない！』

って言《い》われているくらい粉《こな》っぽいの。だから食《た》べ方《かた》も決《き》まってる。横半分《よこはんぶん》に割《わ》って、クリームとジャムやハチミツを、たーっぷりぬって食《た》べるんだよ。

そうしないとのどがパサパサになっちゃうんだ。

「よくふくらんだスコーンですね。それに、そえてあるクリームは、クロテッドクリームじゃないですか！」

クロエ先生《せんせい》が、うれしそうに言《い》った。

「クロテッドクリームって、なんですか？」

はじめてきくクリームだ。わたしはノートを出《だ》して、クロエ先生《せんせい》にきいた。

「イギリス南西部《なんせいぶ》の伝統的《でんとうてき》なクリームです。バターより軽《かる》く、クリームよりコクがあるの。ふたつのまんなかって感《かん》じかしら？　ミルクの甘《あま》みがきいていて、コクがあるのにスーッとした口《くち》どけなの。」

クロエ先生《せんせい》が説明《せつめい》をしながら、クロテッドクリームとイチゴジャムをたっぷりつけて、おいしそうに食《た》べた。

おー、そんなにつけるんだ——。わたしたちもマネして、パクッ！

「おいしいっ！　セルジュさん、スゴイよ、これ。」

こんなにおいしいスコーン、はじめてだ。

「——ありがとう。これはスーシェフのこだわりです。彼《かれ》は焼《や》き菓子《がし》が得意《とくい》で……。わたしは、デコレーションのセンスが問《と》われるケーキが得意《とくい》です。」

セルジュさんが答《こた》えた。

「スーシェフの〝スー〟は、〝サブ〟という意味《いみ》。スーシェフは副料理長《ふくりょうりちょう》よ。」

クロエ先生《せんせい》が教《おし》えてくれた。はじめてきいたぞ。メモしなくっちゃ！　ドンドン新《あたら》しい言葉《ことば》をおぼえている。わたし、かしこくなってるなぁ。

「あの——。」

紅茶《こうちゃ》のカップを持《も》ったまま、渚《なぎさ》が声《こえ》をかけた。

「セルジュさんは、シェフ・パティシエで総支配人《そうしはいにん》。ふたつも仕事《しごと》するって、大変《たいへん》じゃないの？」

真剣《しんけん》な顔《かお》で質問《しつもん》した。

「大変《たいへん》？　とんでもない！」

セルジュさんが言《い》った。

「パティシエ修業《しゅぎょう》をはじめて、ビビッとひらめいたんだよ。『ボクはスイーツを作《つく》るだけでいいのかしら？』ってね。」

キリッとした顔《かお》で、わたしたちを見《み》つめてる。

「スイーツを楽《たの》しむ空間《くうかん》も提供《ていきょう》してこそ、スイーツは完成《かんせい》する。ひと言《こと》で言《い》えば、〝お菓《か》子《し》の総合《そうごう》プロデュース〟をしよう。そう決心《けっしん》して、『スイーツ・ホテル』を作《つく》ったのさ。」

ティールームをグルッと見《み》まわして語《かた》るセルジュさん――。

「『スイーツ・ホテル』を〝作《つく》った〟!?　だからいちばんえらいシェフ・パティシエで、総支配人《そうしはいにん》なんだ。カッコイイ――。」

渚《なぎさ》がキラキラの瞳《ひとみ》で言《い》った。

「そんな深《ふか》い考《かんが》えがあったなんて……。」

わたしはセルジュさんを見《み》つめた。

「さぁ、いちばん上《うえ》のプチフールをめしあがれ。これはボクの自信作《じしんさく》だよ。」

セルジュさんがいちばん上《うえ》のケーキをすすめた。

チョコレートケーキ、イチゴのムース、チーズケーキ……。ひと口《くち》サイズのケーキがとてもおいしそう。

「でも、これを食《た》べたら、ごはんが食《た》べられなくなるなぁ。」

渚《なぎさ》がこまった顔《かお》をして答《こた》えた。

「そんなこと、なぜ、いま考《かんが》えるの？　ごはんのために、スイーツをガマンするなんてノーノー！　ナンセンス！」

セルジュさんが、渚《なぎさ》の顔《かお》の前《まえ》で人《ひと》さし指《ゆび》を立《た》て、シュッシュッとふりながら言《い》った。

「ごはんのこと考《かんが》えなくても、いいの？」

カノンがおどろいて、セルジュさんを見《み》つめてる。

「また、そんな不安《ふあん》な顔《かお》をして――。ここは、スイーツとすごすための〝スイーツ・ホテル〟ですよ。」

セルジュさんが胸《むね》をはって言《い》った。

つばさちゃんのママは、目《め》をパチパチしている。

クロエ先生《せんせい》は、いつもどおりのおだやかな顔《かお》で、セルジュさんを見《み》つめている。

そうだよね、ここはスイーツ・ホテル！

大好《だいす》きなスイーツを思《おも》いっきり味《あじ》わうためのホテル。ここは、いつもの生活《せいかつ》とはちがうんだ。

「こころゆくまでウェルカム・スイーツを楽《たの》しんで。夜《よる》の八時《じ》からは二階《かい》の『お菓子《かし》のギャラリー』でブッフェがはじまりますよ。」

そう言《い》って、セルジュさんがバチンとウインクした。

お菓子《かし》のギャラリー？

ブッフェ？

まだまだ楽《たの》しいことがいっぱいありそうだ。

「では、ごゆっくり。のちほど、係《かかり》の者《もの》がお部屋《へや》へご案内《あんない》しますよ。」

セルジュさんはそう言《い》うと、新《あたら》しく入《はい》ってきたお客《きゃく》さまのところへ歩《ある》いていった。

スコーンの作《つく》り方《かた》

★材料《ざいりょう》(15個分《こぶん》)
●薄力粉《はくりきこ》　200グラム
●卵《たまご》(といたもの) 50グラム
●強力粉《きょうりきこ》　150グラム
●塩《しお》　小《こ》さじ3分《ぶん》の1
●グラニュー糖《とう》　50グラム
●ベーキングパウダー　大《おお》さじ1
●無塩《むえん》バター（使《つか》う直前《ちょくぜん》まで冷蔵庫《れいぞうこ》で冷《ひ》やしておく。）55グラム
●ヨーグルト120ミリリットル

わたしの秘伝《ひでん》のレシピをみなさんにお教《おし》えしましょう。

★準備《じゅんび》

オーブンを190度《ど》に温《あたた》めておく。

作《つく》り方《かた》

①薄力粉《はくりきこ》、強力粉《きょうりきこ》、ベーキングパウダーを混《ま》ぜ、ふるいにかける。

②ボウルの中《なか》にグラニュー糖《とう》、塩《しお》、①を入《い》れ、ゴムべらでサッと混《ま》ぜ合《あ》わせる。

③バターを1センチ角《かく》に切《き》り、②へ入《い》れる。
バターに粉《こな》をまぶしながら、バターの粒《つぶ》が米粒《こめつぶ》くらいになるまで、さらに細《こま》かくきざむ。カード（スケッパー）やフォークの背《せ》を使《つか》うか、指《ゆび》の腹《はら》ですりつぶしてもよい。
バターがとけないよう、手早《てばや》くすること。

④③の中《なか》へヨーグルト、卵《たまご》を加《くわ》え、一つにまとめてスコーン生地《きじ》を作《つく》る。コツは、こねないこと。こねると焼《や》き上《あ》がりの厚《あつ》みが出《で》なくなる。粉《こな》っぽさがなくなれば、生地《きじ》の完成《かんせい》。

⑤④を取《と》り出《だ》してラップで包《つつ》み、冷蔵庫《れいぞうこ》で20～30分休《ぷんやす》ませる。

⑥⑤の生地《きじ》を取《と》り出《だ》し、ラップではさんで、台《だい》の上《うえ》でめん棒《ぼう》でのばす。２～３センチくらいの厚《あつ》さに。

⑦直径《ちょっけい》５～６センチのまるい型《かた》でぬき、天《てん》パンに、間《あいだ》をあけてならべる。型《かた》がない場合《ばあい》は、ナイフで５センチ角《かく》に切《き》ってもＯＫ《オーケー》。

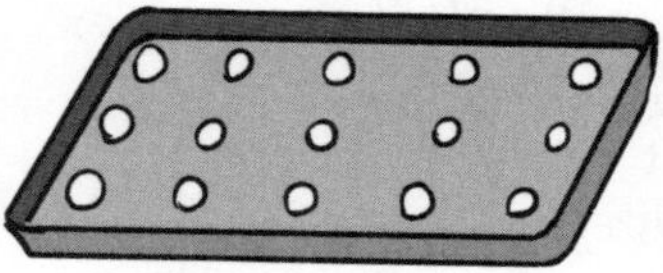

⑧190度《ど》のオーブンで15～20分《ぷん》焼《や》く。
★オーブンによって、焼《や》き上《あ》がりには時間差《じかんさ》があるので注意《ちゅうい》してね。
★手《て》にはいりづらいクロテッド・クリームのかわりに、八分《はちぶ》だてしたホイップクリームでもおいしいよ。好《この》みのジャム、ハチミツをつけてめしあがれ。

6 『スイーツ・ホテル』は甘《あま》くなかった!? 山本渚《やまもとなぎさ》が現場《げんば》から伝《つた》えます!

オレは、気《き》がついてしまった。

『のちほど、係《かかり》の者《もの》が、お部屋《へや》へご案内《あんない》します。』——セルジュさんの言葉《ことば》で、気《き》がついてしまったんだ!

タルト、スコーン、プチフールのケーキたち……。どれもスペシャル的《てき》においしかった。最高《さいこう》に楽《たの》しかったよ。なのに、いまは最低《さいてい》な気分《きぶん》。

——っていうか、めちゃくちゃこまってるんだ!

山本渚《やまもとなぎさ》、一生《いっしょう》の不覚《ふかく》だ。どうして、気《き》がつかなかったんだ?

オレは今晩《こんばん》、だれといっしょに泊《と》まるんだ!?

ホテルの部屋《へや》ってさ、ほとんどが〝ツイン〟とか〝ダブル〟って決《き》まっているんだ。よく出張《しゅっちょう》に行《い》くお父《とう》さんが言《い》ってた。意味《いみ》は知《し》らないけど、どっちも〝ふたり部屋《べや》〟ってことなんだぜ。

ふたり部屋《べや》だよ、ふたり！　頭《あたま》の中《なか》で、組《く》み合《あ》わせを考《かんが》えてみた。

オレとクロエ先生《せんせい》↓ひと晩《ばん》じゅう気《き》をつかいそうでむり。

オレとすばる↓幼《おさな》なじみで、保育園《ほいくえん》のお泊《と》まり保育《ほいく》は行《い》ったけど、気《き》が進《すす》まない。

オレと村木《むらき》↓超《ちょう》うるさそうでぜったいイヤ。

それとも、オレとつばさちゃん↓イヤ、そんな……。つばさちゃんといっしょだったら、つばさちゃんのお母《かあ》さんもついてくる。それはこまる。

あー、なんで気《き》がつかなかったんだ、オレ。

だれといっしょになっても、相手《あいて》は女子《じょし》しかいない。なんで、よろこんで『スイーツ・ホテル』へ来《き》ちゃったんだろう？

こんなこと、学校《がっこう》のだれかに知《し》られたら、オレの人生《じんせい》終《お》わりだ……。

「渚《なぎさ》、な・ぎ・さ！　きこえないの？　お部屋《へや》へ行《い》くよ。」

すばるがオレの肩《かた》をつっついた。

「えっ……？」

顔《かお》を上《あ》げたら、みんながオレを見《み》てる。となりでグレーの制服《せいふく》を着《き》たホテルの人《ひと》がほほえんでいる。

「お部屋《へや》までご案内《あんない》いたします。」

ティールームを出《で》た。玄関《げんかん》ホールへもどり、フロントと反対側《はんたいがわ》へ歩《ある》いていく。

あれ？　床《ゆか》のじゅうたんの色《いろ》が、ちょっと明《あか》るい赤色《あかいろ》に変《か》わった——。

「ここから新館《しんかん》です。お客《きゃく》さまのお部屋《へや》は、すべて新館《しんかん》にございます。客室《きゃくしつ》は一階《かい》から三階《がい》、エレベーターはこちらです。」

ホテルの人《ひと》が説明《せつめい》をはじめた。

つばさちゃんのお母《かあ》さんが、加湿器《かしつき》と電気《でんき》スタンドをリクエストしてる。カノンがキャーキャー言《い》ってる。いろんな会話《かいわ》が、オレの頭上《ずじょう》を飛《と》びかっている。

オレ、急速《きゅうそく》に『スイーツ・ホテル』に関心《かんしん》がなくなってるんだ。

——どうでもいい。

「ここはラウンジ……全部《ぜんぶ》でお部屋《へや》は二十五室《しつ》……。」

「最高《さいこう》のホスピタリティをお客《きゃく》さまに！」

「……ファミリー・スイート。」

「ラグジュアリー・スイート……。」

会話《かいわ》の断片《だんぺん》が、きこえる。みんな楽《たの》しそうだなぁ。

オレはどんどん悲《かな》しくなっているのにさ。

「渚《なぎさ》！　さっきからボーッとしてどうしたの？」

すばるが耳《みみ》もとで言《い》った。

「わたしたちのお部屋《へや》は、三階《がい》だって。」

エレベーターが来《き》て、オレたちは乗《の》りこんだ。三階《がい》についた。

「では、八時《じ》に『お菓子《かし》のギャラリー』でね。」

と、つばさちゃんが手《て》をふった。親子《おやこ》でひと部屋《へや》か、そうだよなぁ。

「山本《やまもと》くん、こっちですよ。」

クロエ先生《せんせい》が、オレを呼《よ》んでいる。クロエ先生《せんせい》とふたりかぁ……。

――ピッ！　カチャッ。

クロエ先生《せんせい》が、カードキーで鍵《かぎ》をあけた。

あれ？　なんでみんなゾロゾロと入《はい》っていくんだ？

中《なか》を見《み》ておどろいた。

「スゲー豪華《ごうか》……。まるでマンションじゃん。」

ろうかがあって、すぐ右《みぎ》にドアがある。そーっとあけてみた。おおっ、洗面所《せんめんじょ》？　トイレ？　いや、お風呂《ふろ》？　広《ひろ》いとこに全部《ぜんぶ》ある、スゲーじゃん。

そんで、正面《しょうめん》はリビングルームだ。広《ひろ》いじゃん、いいじゃん！　なんか、オレ楽《たの》しくなってきた。

「リビングルームの先《さき》、ドアが三つもあるぞ。すばる、村木《むらき》、見《み》ろよ。」

オレは興奮《こうふん》して、ふたりに言《い》った。

「さっき説明《せつめい》きいたから、知《し》ってるよ。わたしとカノンの部屋《へや》は、ベッドがふたつあるとこだからね。」

すばるに、あきれられてしまった。

「みんないっしょなんだ。心配《しんぱい》してソンした……。」

とにかく、もう心配《しんぱい》ない！　目《め》の前《まえ》の霧《きり》がパーッと晴《は》れた。

「山本《やまもと》くん、好《す》きなお部屋《へや》をどうぞ。」

クロエ先生《せんせい》のやさしいひと言《こと》で、オレはいちばん奥《おく》の部屋《へや》を選《えら》んだ。

ドアをあけて、ベッドにドーンと飛《と》びのって、手足《てあし》を広《ひろ》げた。ん？　なにか手《て》にあたったぞ。ちっちゃい四角《しかく》い箱《はこ》、なんだろう？

「あー、チョコレートだ！」

メッセージもついてる。

〈スイートなねむりを！　セルジュ☆〉

キザだなぁ……。

ベッドに寝《ね》ころんだまま、パクッと食《た》べた。クロエ先生《せんせい》が作《つく》ったのと同《おな》じ、ハチミツ味《あじ》だ。うまーい……。

しかし、いい部屋《へや》だ。ベッドサイドに小《ちい》さなテーブル。その上《うえ》に電気《でんき》スタンドと電話《でんわ》がある。天井《てんじょう》が高《たか》くて、窓《まど》も広《ひろ》いし、オレの家《いえ》より百倍《ばい》いい感《かん》じだ。

そうだ、すばるたちの部屋《へや》、見《み》てこよう。リビングへ行《い》ったら、すばるがひとり、ソファーにすわってる。

「部屋《へや》見《み》せてな！」

と言《い》って入《はい》ろうとしたら――。小《ちい》さくドアがあいて、村木《むらき》が顔《かお》だけ出《だ》した。

「わたし、ブッフェに着《き》ていくお洋服《ようふく》を選《えら》んでいるの。お着《き》がえするから入《はい》らないでね。」

しばらくまっていたけど、村木《むらき》の〝お着《き》がえ〟は終《お》わらない。

大量《たいりょう》に持《も》ちこんだ服《ふく》を、とっかえ引《ひ》っかえ着《き》て、リビングに出《で》てきて、すばるに見《み》せてる。もう、ファッションショー状態《じょうたい》！　あー、もうっ……。

クロエ先生《せんせい》の部屋《へや》をのぞいたら、熱心《ねっしん》に書《か》きものをしている。

……つまんないな。ホテルの探検《たんけん》でもしてこよう。オレはひとり、部屋《へや》を出《で》た。

プレオープンって、『開業前《かいぎょうまえ》のお仕事《しごと》の最終確認《さいしゅうかくにん》』だって、つばさちゃん言《い》ってたな。招待《しょうたい》されているお客《きゃく》さま、どれくらいいるのかな？

考《かんが》えながら、エレベーターに乗《の》りこんだ。

あれ？　①のボタンの下《した》に『ラウンジ（新館《しんかん》）／ティールーム（旧館《きゅうかん》）』ってある。でも、ティールームって、地下《ちか》じゃなかったよな。てことは、オレらの部屋《へや》のある三階《がい》は四階《かい》か……。このホテル、ほんとうは四階建《かいだ》てなんだ。

さっきは、気《き》がつかなかった。エレベーターホールの奥《おく》が『ラウンジ』なんだ。パソコン、本棚《ほんだな》、Y《ワイ》市《し》の観光《かんこう》コーナーもある。

ゆっくり見《み》たかったけど、大人《おとな》がいっぱい。入《はい》りづらいな……。

なんとなく歩《ある》いていくと、じゅうたんの色《いろ》が変《か》わった地点《ちてん》に立《た》っていた。ここまでが新《しん》館《かん》で、あっちは旧館《きゅうかん》――。じょうずにつなげてある。

あれ？　新館側《しんかんがわ》の奥《おく》に、ろうかがあるぞ。

ここはじゅうたんがしいてない。外《そと》へのぬけ道《みち》かな？

「よしっ、探検《たんけん》だ！」

歩《ある》きだしたけど、ちょっと後悔《こうかい》してる。寒《さむ》いし、こわいし……、引《ひ》きかえそうとしたら、ドアが見《み》えた。

大《おお》きく〈ＳＴＡＦＦ　ＯＮＬＹ〉って書《か》いてある。

どういう意味《いみ》？　とりあえずあけてみた。

「失礼《しつれい》します……。」

だれもいない、事務室《じむしつ》みたいな部屋《へや》だ。

かべぎわにホワイトボード、机《つくえ》とイス、それからカーテンのかかっている大《おお》きな仕切《しき》りがある。

「ここは、なんなんだ……？」

思《おも》わず独《ひと》り言《ごと》をつぶやいてしまった。と、そのとき——、

「だれだね、キミは！」

うしろから大《おお》きな声《こえ》、心臓《しんぞう》が飛《と》びだすくらいビックリした。

ひょえぇぇ……。

おそるおそるふりむくと——。

コックコートを着《き》た角刈《かくが》りのおじさんと、セルジュさんが立《た》っていた。

「『ちびっ子《こ》パティシエ』くんじゃない、おどろいた。どうしてここにいるの？」

ビックリしたドキドキは、すぐにこまったドキドキに変《か》わった。

「ホテル探検《たんけん》していて、入《はい》ってしまいました、ごめんなさい。」

「もしかして、ボクの『スイーツ・ホテル』の厨房《ちゅうぼう》が見《み》たかったの？」

そう言《い》いながら、セルジュさんがカーテンをあけた。

「スゲー……。」

ガラスごしに、明《あか》るくて広《ひろ》い厨房《ちゅうぼう》が広《ひろ》がっているのが見《み》える。

大《おお》きなシルバーの作業台《さぎょうだい》がまんなかにある。天板《てんばん》は、大理石《だいりせき》みたいだ。カッコイイな。

作業台《さぎょうだい》の上《うえ》、ステンレスの棚《たな》がついてるぞ。ホイッパー、ボウル、いろんな道具《どうぐ》でいっぱいだ。

コックコートの角刈《かくが》りのおじさんが、カーテンを閉《し》めながら言《い》った。

「もう、いいかな？　扉《とびら》に書《か》いてある〈STAFF《スタッフ》　ONLY《オンリー》〉は、『関係者以外立《かんけいしゃいがいた》ち入《い》り禁止《きんし》』ってことなんだから……。」

「知《し》りませんでした。ごめんなさい。」

もう一度《いちど》あやまった。

「まぁ、いいじゃないか。この子《こ》はマダム・クロエのところの『パティシエ見習《みなら》い』くんなんだよ。……見習《みなら》いくん、こちらはスーシェフの水無瀬《みなせ》さんだよ。」

セルジュさんが紹介《しょうかい》してくれた。

「子《こ》どもが見習《みなら》い？　マダム・クロエは、あいかわらずですね。」

ため息《いき》をついて、おじさんが笑《わら》った。すごい、クロエ先生《せんせい》のことを知《し》っているんだ。

「これから、スタッフと打《う》ち合《あ》わせなんだ。厨房《ちゅうぼう》を見《み》たいのなら、『お菓子《かし》のギャラリー』を楽《たの》しんだ後《あと》に、みんなでいらっしゃい。」

セルジュさんが、ニコッと笑《わら》った。やさしいなぁ。

「はい、ありがとうございます。」

ペコッと頭《あたま》を下《さ》げ、出《で》ていこうとしたら——。

「明日《あす》のパーティーは、ボクが『デコレーション・パフォーマンス』を披露《ひろう》するんだよ。楽《たの》しみにしていてね。」

セルジュさんが、自信《じしん》に満《み》ちた顔《かお》で言《い》った。

『デコレーション・パフォーマンス』だって——。

ワクワクするひびき。どんなことをするんだろう？

スイーツ・ライターから、パティシエになったのは、最近《さいきん》のはずなのに。どうしてこんなにいろんなことを思《おも》いつくんだろう？

やっぱりセルジュさんは、ただのパティシエじゃない。〝スイーツの総合《そうごう》プロデューサー〟だ。かっこいいなぁ。
オレ、パティシエ見習《みなら》いが終《お》わったら、セルジュさんに弟子入《でしい》りしよう。
うん、ぜったい！

7 『お菓子《かし》のギャラリー』は、緑川《みどりかわ》つばさがレポートしますね☆

ママが、カードキーを、３０１号室《ごうしつ》のドアにかざした。

――ピッ、ガチャ。

鍵《かぎ》があき、お部屋《へや》に入《はい》った。

「わぁ、りっぱなお部屋《へや》――。」

わたしたちのお部屋《へや》は、予想以上《よそういじょう》に広《ひろ》かった。

大《おお》きな窓《まど》と、ゆったりとしたソファーがあるリビングルーム。その奥《おく》は、ツインのベッドルーム。お部屋《へや》がふたつもあるのは〝ラグジュアリー・スイート〟だからね。スイートルームってはじめて。うれしいなぁ。

インテリアもステキ。ベビーピンクのじゅうたんと、シャンパンゴールドのカーテン。テーブルとドレッサーはパールホワイト。うっとりしちゃう……。

〝カワイイ〟と〝キレイ〟がまざった、センスの光《ひか》るコーディネートね。

かべ紙《がみ》もこってるな。ママの好《す》きな『ローラアシュレイ』のお花《はな》もようみたい。

ベージュとベビーピンクのストライプ、その上《うえ》に白《しろ》いクラシック・ローズがプリントされてる。上品《じょうひん》で美《うつく》しくて、ホントすてきね。

ジーッと見《み》ていたら――。スゴイもの見《み》つけちゃった！

「〝かくれスイーツ〟がある!?」

思《おも》わず大《おお》きな声《こえ》を出《だ》しちゃった。

見《み》まちがいじゃない。

かべ紙《がみ》のバラとバラの間《あいだ》に『イチゴのショートケーキ』の絵《え》がまぎれてる。

これも〝スイーツの総合《そうごう》プロデュース〟のひとつなのかしら。こんなサプライズをしかけるなんて、さすがセルジュさんだ。

そうそう、大切《たいせつ》な場所《ばしょ》の確認《かくにん》をわすれてた――。

わたしは、バスルームのドアをあけた。

よかった、トイレとお風呂《ふろ》は分《わ》かれている。これはマスト！　わたし、おトイレとお風《ふ》呂《ろ》がいっしょの〝ユニットバス〟はダメなの。おちつかないものね。

わたしは、大満足《だいまんぞく》！　さぁ、ママはどう思《おも》っているのかな？

「まぁ、いいんじゃないかしら♪」

ベッドの硬《かた》さを手《て》で確認《かくにん》しながら、ママが言《い》った。これは、気《き》に入《い》ったってこと。そうは、きこえないけどね。

ママはもとCA《シーエー》で、お仕事《しごと》でいーっぱいホテルに泊《と》まったんだって。だからホテルにきびしくて……。めったに、「このお部屋《へや》ステキ！」って言《い》わないんだよ。

CA《シーエー》って、キャビンアテンダントの略称《りゃくしょう》。飛行機《ひこうき》に乗《の》って乗客《じょうきゃく》にいろいろサービスする〝客室乗務員《きゃくしつじょうむいん》〟さんのことね。

ママが仕事《しごと》をしていたころは〝スチュワーデス〟って言《い》ったんだって。

お荷物《にもつ》を整理《せいり》して、一段落《いちだんらく》。わたしはソファーにすわって、ママにきいてみた。

「あのね、ママ。……ティールームでセルジュさんの言《い》ったこと、どう思《おも》う？」

本心《ほんしん》は『ごはんのことを考《かんが》えないでスイーツを食《た》べるって、どう思《おも》う？』ってききたいんだけど、わざとまわりくどいきき方《かた》をしたの。

わたしのママはスイーツ大好《だいす》きで、はやりのお店《みせ》もチェックしている。でもね——。

ふだんの食事《しょくじ》は、こだわりがいっぱい。お医者《いしゃ》さんのパパは、『ママの趣味《しゅみ》だね。』って、てきとうにつきあっているけど、わたしにはうるさいの。

『ビタミン』とか『抗酸化物質《こうさんかぶっしつ》』とか『必須《ひっす》アミノ酸《さん》』とかとらなきゃってね。

だから、わたしは心配《しんぱい》。

「『お菓子《かし》のギャラリー』は見《み》るだけにして、ホテルの外《そと》で、ちゃんとしたお食事《しょくじ》をしましょう。」

なんて言《い》われたら、悲《かな》しいもん。ママのこころを、ちょっと偵察《ていさつ》……。

「セルジュさんが『食事《しょくじ》よりスイーツ。』って言《い》ったこと？　ビックリはしたけど、今日《きょう》は特別《とくべつ》！　ママ風《ふう》に言《い》うなら〝こころのビタミン〟をとりに、『お菓子《かし》のギャラリー』は、ぜひ行《い》かなくちゃ！」

ニコッとほほえんだ。

よかったぁ、やっぱりママって最高《さいこう》！

「お菓子《かし》のギャラリーの時間《じかん》まで、塾《じゅく》の宿題《しゅくだい》するね。」

わたしはウキウキとバッグをあけた。よーし、やる気《き》が出《で》てきたぞー。

八時《じ》五分《ふん》まえになって、わたしはママとお部屋《へや》を出《で》た。いっぱい集中《しゅうちゅう》してお勉強《べんきょう》したから、おなかすいちゃった。

『お菓子《かし》のギャラリー』は、旧館《きゅうかん》の二階《かい》にあるんだよ。ホールにある幅《はば》の広《ひろ》い階段《かいだん》を上《のぼ》っていく。踊《おど》り場《ば》に、縁飾《ふちかざ》りのある美《うつく》しい鏡《かがみ》がかけてある。ママとわたしは立《た》ち止《ど》まって、身《み》だしなみをチェックした。うん、かんぺき……。

スイーツのブッフェって、どんなのかな？　ブッフェって、たくさんならんだお料理《りょうり》から、好《す》きなものを、自分《じぶん》でとりわけるのよね。

スイーツのとりわけって、むずかしそう。じょうずにできるかな？　わたしは、少《すこ》し心《しん》配《ぱい》になった。

「こちらが『お菓子《かし》のギャラリー』でございます。」

髪《かみ》をアップにした女《おんな》の人《ひと》が、大《おお》きな扉《とびら》をあけた。

美術館《びじゅつかん》みたいに、ちょっとくらいお部屋《へや》だ。お部屋《へや》のまんなかに、まっ黒《くろ》い大《だい》テーブル。

その上《うえ》にたくさんのスイーツ！

やわらかいライトにてらされて、うかびあがって見《み》える。

なんて、美《うつく》しい景色《けしき》だろう。

わたしたちは、入《い》り口《ぐち》で立《た》ち止《ど》まってしまった。

「まるで美術品《びじゅつひん》のようね。」

ママがため息《いき》をついた。

「つばさちゃん！」

うしろで、カノンちゃんの声《こえ》がした。

あら？　アマガエルみたいな緑色《みどりいろ》ワンピじゃなくなってる……。

「カノンちゃん、お着《き》がえしたのね。似合《にあ》ってるよ。」

ピンクの水玉《みずたま》？　ううん、ちがう。よく見《み》ると、バラの小花《こばな》もようのワンピだ。茶色《ちゃいろ》いショートブーツとよく合《あ》っている。カノンちゃんスゴイなぁ、靴《くつ》までかえてきたわ。

「ありがとう！　ねぇ、つばさちゃんたちの〝ラグジュアリー・スイート〟ってどんな感《かん》じのお部屋《へや》なの？　あとで見《み》にいっていい？」

カノンちゃんがごきげんで言《い》った。遊《あそ》びに来《き》てくれるのはうれしいけど、自分《じぶん》のワンピに似《に》たかべ紙《がみ》を見《み》たら、また落《お》ちこんじゃうだろうなあ。

「お部屋《へや》の話《はなし》より、ブッフェへ行《い》こう！」

わたしは、カノンちゃんの手《て》をとって、中《なか》へ入《はい》った。

間近《まぢか》で見《み》たスイーツは、キラキラと輝《かがや》いてほんとうに美《うつく》しい。

「お菓子《かし》ひとつひとつが、器《うつわ》の中《なか》で完成《かんせい》されていて、作品《さくひん》のようです。『お菓子《かし》のギャラリー』というだけありますね。」

クロエ先生《せんせい》も感心《かんしん》している。

「スゲー、テーブルいっぱいで、どれから食《た》べていいか、わからないぞ！」

渚《なぎさ》くんが目《め》をむいてる。

「ウェルカム・スイーツと雰囲気《ふんいき》がちがって、すごくカラフル。目《め》うつりしちゃうね。」

すばるちゃんが、マジメな顔《かお》して言《い》った。ホント、わたしも迷《まよ》っちゃう。

細《ほそ》いグラスに入《はい》った、色《いろ》とりどりのムースがならんでる。

四角《しかく》いグリーンのお皿《さら》には、フィンガータイプの細《ほそ》いエクレア。チョコレートとキャラメルの二種類《しゅるい》ある。

白《しろ》い陶器《とうき》のお皿《さら》には、マンゴー、ブドウ、メロン、ブルーベリーのプチケーキが、ひとつずつのっている。

「器《うつわ》とスイーツのバランス、もりつけ方《かた》、かんぺきで美《うつく》しいわ。ねぇ、そう思《おも》わない？」

知《し》らないおばあさんが、話《はな》しかけてきた。赤《あか》いニットのスーツを着《き》て派手《はで》だな。返事《へんじ》にこまっていたら——。

「ええ、ほんとうに。ひと皿《さら》ひと皿《さら》が完成《かんせい》された作品《さくひん》ですね。とくに色彩感覚《しきさいかんかく》がすばらしいですわ。」

ママがわたしのかわりに答《こた》え、ニッコリとほほえんだ。ママとおばあさんは、楽《たの》しそうに話《はな》しはじめた。

ママってスゴイ。知《し》らない人《ひと》とも、すぐに仲《なか》よくなっちゃう。『社交的《しゃこうてき》な性格《せいかく》』っていうんだよね。

まわりを見《み》たら、人《ひと》が多《おお》くなってる。三人《にん》のお姉《ねえ》さんが、おしゃべりをしながらわたしのそばに来《き》た。

「わたしね、ブッフェ・スタイルって、きらいだったの。」

「わかる、わかる！　好《す》きなものをとりわけていると、お皿《さら》の上《うえ》がグチャグチャになって。食《た》べるまえに悲《かな》しくなっちゃうもん。」

「でも、こうして最初《さいしょ》からもりつけてあると、キレイなまま食《た》べられる。ステキねー。」

みんな、すごくうれしそう。

「セルジュさんの言《い》ったとおり。〝スイーツを楽《たの》しむ空間《くうかん》〟は大事《だいじ》だな。」

渚《なぎさ》くんが、マジメな顔《かお》で言《い》った。

ホントね。お菓子《かし》を食《た》べる場所《ばしょ》、お菓子《かし》のもりつけ方《かた》がいいと、おいしそうだものね。

「『スイーツの総合《そうごう》プロデュースをする。』って、こういうことなのね。」

すばるちゃんが、しみじみと言《い》って、ノートにメモした。

「もう、ガマンできない。みんなで食《た》べよう！」

カノンちゃんが、元気《げんき》に言《い》った。

わたしは、グラスに入《はい》った黄色《きいろ》いムースを手《て》にとった。細《こま》かくくだいたジュレのトッピングが、ビーズみたいにキラキラ光《ひか》ってる。

口《くち》に広《ひろ》がる新鮮《しんせん》なレモンの酸味《さんみ》、そしてミントのさわやかな香《かお》り！　すごい、ムースにかかっているクラッシュ・ゼリーはミントなんだ。

渚《なぎさ》くんはエクレアのお皿《さら》をとった。

このエクレアは、ひと口《くち》で食《た》べる〝フィンガータイプ〟ね。大《おお》きな口《くち》をあけて、渚《なぎさ》くんがパクッ！　ほんとうにひと口《くち》で食《た》べちゃった。

「パリッとしたチョコレート、シュー……。クリームはカボチャ味《あじ》。バランスいいよ。うまいっ！」

目《め》をクリクリさせてる、カワイイな。みんなでそろって、ワイワイ言《い》いながら食《た》べるって、なんて楽《たの》しいんだろう。

ノートを小《こ》わきにかかえ、すばるちゃんが、赤《あか》いジュレがかかったムースをとって、においをかいでパクッと食《た》べた。

「このジュレ、最高《さいこう》。つばさちゃん食《た》べてみて、はいっ！」

スプーンですくって、わたしにサッとさしだした。

——とまどったけど、パクッと食《た》べてみた。

「あっ、フルーツ・トマトだ！　おいしいね。」

ふたりで顔《かお》を見合《みあ》わせてニッコリした。

カノンちゃんが、スプーンを持《も》ってきた。なんだろう？

「見《み》てみて！　スプーンに、ティラミスがのっているの。このもりつけ、最高《さいこう》にカッコイイわ。」

味《あじ》も気《き》に入《い》ったみたい。おかわりしてるわ。

クロエ先生《せんせい》は、『黒《くろ》ごまと白《しろ》ごま二色《しょく》のプリン』をニコニコしながら食《た》べてる。ママは『十種類《しゅるい》のお野菜《やさい》とフルーツのパフェ』を見《み》つけてよろこんでる。

みんな笑顔《えがお》。スイーツって、なんてしあわせな食《た》べ物《もの》なんだろう。

セルジュさんって、スゴイ。スイーツ・ライターしていたのに、こんなにすばらしいお菓子《かし》が作《つく》れるなんて。

きっと、天才《てんさい》なんだ……。

「みなさま、夜《よる》のスイーツをお楽《たの》しみいただいていますか？」

お客《きゃく》さまに声《こえ》をかけながら、セルジュさんが歩《ある》いてきた。白《しろ》いコックコートとコック帽《ぼう》がまぶしい。

「すばらしいアイディアですね。夜《よる》のスイーツ・ブッフェなんて。」

クロエ先生《せんせい》が話《はな》しかけた。

「ありがとうございます。ご宿泊《しゅくはく》のみなさまだけではなく、お仕事帰《しごとがえ》りの方《かた》にも、気軽《きがる》に立《た》ちよっていただきたくて、夜《よる》にしたのですよ。」

セルジュさんが説明《せつめい》してる。

「フルーツや野菜《やさい》が主役《しゅやく》だから、消化《しょうか》がよくてヘルシーですね。」

つばさちゃんママが感心《かんしん》している。

「スイーツ・ブッフェって、お昼《ひる》が多《おお》いものね。新《あたら》しもの好《ず》きのお姉《ねえ》ちゃんに教《おし》えてあげようっと！」

カノンちゃんが力強《ちからづよ》く言《い》った。

「フルーツと野菜《やさい》、そしてハーブのアクセント……。自然《しぜん》の色彩《しきさい》を生《い》かしたスイーツの数々《かずかず》……。すばらしいよ！」

男《おとこ》の人《ひと》が、セルジュさんに近《ちか》づいて、ガシッと握手《あくしゅ》をした。

会場《かいじょう》から自然《しぜん》に拍手《はくしゅ》が起《お》きた。

「明日《あす》のパーティーも期待《きたい》していますよ。」

お客《きゃく》さまから声《こえ》が飛《と》んだ。

「――はい。シェフ・パティシエとして、せいいっぱいつとめます。みなさま、ご期待《きたい》ください。」

拍手《はくしゅ》につつまれたセルジュさんが、胸《むね》に手《て》をあててお辞儀《じぎ》をした。

そのしぐさがすごく優雅《ゆうが》で、わたしはドキッとした。

――ちょっぴりだけどね。

8　いつわりのシェフ・パティシエ!?

みなさん、こんばんは。ごあいさつがおくれてしまって申《もう》し訳《わけ》ない。

わたしが『スイーツ・ホテル』のシェフ・パティシエで総支配人《そうしはいにん》、安藤遼平《あんどうりょうへい》です。

今日《きょう》はプレオープンで、休《やす》む時間《じかん》がないほどいそがしかったんだ。お菓子《かし》のギャラリーのあいさつが終《お》わり、ようやくホッとしたところさ。

いまさらだけど、自己紹介《じこしょうかい》をしよう。

身長《しんちょう》百七十センチ、体重《たいじゅう》五十キロ。年齢《ねんれい》と出身地《しゅっしんち》は、秘密《ひみつ》。星座《せいざ》は、ロマンチストな魚《うお》座《ざ》、血液型《けつえきがた》はB型《ビーがた》。趣味《しゅみ》は、ひとり旅《たび》です。

そうそう、みんなが呼《よ》ぶ『セルジュ』という名前《なまえ》は、スイーツ・ライター時代《じだい》のボクのペンネームなんだ。

スイーツ・ライターって、知《し》ってるかな？

お菓子《かし》について取材《しゅざい》して記事《きじ》を書《か》いて、雑誌《ざっし》やネット上《じょう》で発表《はっぴょう》するんだ。

じまんじゃないが、人気《にんき》があって、〝カリスマ・スイーツ・ライター〟とか、〝スーパー・スイーツ・プリンス〟なんて呼《よ》ばれていたんだ。ボクの記事《きじ》で、たくさんのスイーツブームが起《お》きたんだよ。

『パンケーキブームの火《ひ》つけ役《やく》は、セルジュ。』

これ、有名《ゆうめい》な話《はなし》。

えっ、きいたことないって？　ふーん……。

とにかく！　毎日《まいにち》、毎日《まいにち》、スイーツを見《み》て、食《た》べて、評価《ひょうか》して記事《きじ》を書《か》いていたんだ。

北海道《ほっかいどう》から沖縄《おきなわ》、時《とき》にはフランス、オーストリア、イタリア……。あちこちまわって取材《しゅざい》して、食《た》べたスイーツの数《かず》は、千以上《いじょう》さ。

そんなボクが、スイーツ・ホテルを作《つく》り、シェフ・パティシエになったんだ！

〝華麗《かれい》なる転身《てんしん》〟ってヤツさ。（↑意味《いみ》がわからなかったら、調《しら》べてね。）

長年《ながねん》の取材経験《しゅざいけいけん》、専門家《せんもんか》から学《まな》んだ菓子《かし》の知識《ちしき》、そしてボクの美的《びてき》センスでオリジナルスイーツを生《う》みだしているんだ。

ボクの頭《あたま》の中《なか》には、お客《きゃく》さまをよろこばせるアイディアがギッシリつまっている。『ウェルカム・スイーツ』と『お菓子《かし》のギャラリー』でのお客《きゃく》さまの笑顔《えがお》、それが証拠《しょうこ》でしょ?

プレオープンは大成功《だいせいこう》。明日《あす》は、いよいよオープニング・パーティーだ。

マスコミも招待《しょうたい》した。きっとにぎやかなパーティーになるよ。

パーティーの目玉《めだま》は、『デコレーション・パフォーマンス』。

ボクがお客《きゃく》さまの目《め》の前《まえ》で、三段《だん》の大《だい》デコレーションケーキを製作《せいさく》するんだ。

ふつうは厨房《ちゅうぼう》で仕上《しあ》げるデコレーションを、会場《かいじょう》で実演《じつえん》するんだ。だれもが見《み》たいと思《おも》う、でも見《み》ることのできないパフォーマンス。すばらしいアイディアだろう?

もちろん、最後《さいご》には味《あじ》わってもらう。そのために、全国《ぜんこく》から選《よ》りすぐりの極上《ごくじょう》の材料《ざいりょう》を集《あつ》めたんだ。特《とく》に自信《じしん》があるのは……。

おっと、この先《さき》は秘密《ひみつ》! 明日《あす》のお楽《たの》しみだよ。

自分《じぶん》でも明日《あす》が楽《たの》しみで、ワクワクするよ。

厨房《ちゅうぼう》の事務室《じむしつ》へもどると、スーシェフの水無瀬《みなせ》くんがまっていた。

「シェフ、大変《たいへん》なことになりました――。リッチ・クリームがまにあいません。」

一瞬《いっしゅん》、なにを言《い》っているか、わからなかった。

「――すみません。北海道《ほっかいどう》の牧場《ぼくじょう》から、わたしのスマホに何度《なんど》も連絡《れんらく》が入《はい》っていたのですが、気《き》がつきませんでした……。」

説明《せつめい》しながら、スーシェフの顔色《かおいろ》が、どんどん悪《わる》くなっていく。

「先《さき》ほど連絡《れんらく》をとりましたら、飛行機《ひこうき》が欠航《けっこう》になり、きのう発送《はっそう》ができなかったので、おとどけがまにあわないと――。」

一瞬《いっしゅん》、目《め》の前《まえ》がくらくなった。リッチ・クリームが、とどいてない？

「予備《よび》に仕入《しい》れておいたクリームがあったはず。それを使《つか》おう。」

確認《かくにん》をしに、事務所《じむしょ》を出《で》て冷蔵室《れいぞうしつ》へ入《はい》った。

〈パーティー用材料予備《ようざいりょうよび》・持《も》ちだし厳禁《げんきん》〉と書《か》いた棚《たな》をチェックする。

発酵《はっこう》バター、フランス産《さん》の小麦粉《こむぎこ》、マダガスカルからとどいたバニラビーンズ、そして、北海道《ほっかいどう》のジャージー乳牛牧場《にゅうぎゅうぼくじょう》からとどいたリッチ・クリーム……。

あったぞ。ホッとして手《て》にとると――。

「『乳脂肪《にゅうしぼう》四十三パーセント』!? ボクが指示《しじ》したリッチ・クリームの乳脂肪率《にゅうしぼうりつ》は、四十八パーセントのはず……。どうしたんだ?」

「そんな、まさか……。」

水無瀬《みなせ》くんが、あわててクリームを見《み》た。

「……申《もう》し訳《わけ》ありません――。」

しぼりだすような声《こえ》で言《い》った。

信《しん》じられない。水無瀬《みなせ》くんが、こんな単純《たんじゅん》なミスをするなんて――。

水無瀬《みなせ》くんは、ボクよりずっと年上《としうえ》だ。現場経験《げんばけいけん》が豊富《ほうふ》で、ボクのイメージしたスイーツをかんぺきに再現《さいげん》してくれる。ボクがこころから信頼《しんらい》しているスーシェフだ。

有能《ゆうのう》なスーシェフが、どうして?

「コクがあってキレがいい。美《うつく》しい象牙色《ぞうげいろ》。ボクがほれこんだ乳脂肪《にゅうしぼう》四十八パーセントのリッチ・クリームで、お客《きゃく》さまの前《まえ》でデコレーション・パフォーマンスをするんだよ。クリームに合《あ》わせて、スポンジケーキとフルーツを用意《ようい》したのに……。」

ボクの目《め》の前《まえ》は、今度《こんど》こそ、まっくらになった……。

「シェフ、すべてわたしの責任《せきにん》です。徹夜《てつや》でお手伝《てつだ》いします。ケーキの変更《へんこう》をしましょう。」

水無瀬《みなせ》くんが、頭《あたま》を下《さ》げて言《い》った。

「お客《きゃく》さまは、スイーツにくわしい方《かた》ばかりなんだよ。満足《まんぞく》していただくケーキを、いまから準備《じゅんび》できるわけ、ないじゃないか！」

思《おも》わず、さけんでしまった。

と、そのとき――。

「あの……。」

蚊《か》のなくような声《こえ》が、事務所《じむしょ》のほうからきこえた。

見《み》ると、ちびっ子《こ》パティシエの男子《だんし》が、口《くち》をあけたまま立《た》っている。その友《とも》だち、そしてマダム・クロエと緑川《みどりかわ》さんまでいっしょに――。

「どうして、キミたちがここに？」

「何度《なんど》もノックしたんです。セルジュさんが『あとで厨房《ちゅうぼう》をみんなで見《み》においで。』ってさそってくれたから──。」

「お返事《へんじ》がないから、ドアをあけたんです。」

「そうしたら、ものすごい声《こえ》がきこえてきて──。」

「セルジュさん、スーシェフさん。なにがあったの？」

子《こ》どもたちが心配《しんぱい》そうな顔《かお》で、ボクを見《み》つめてる。そして──。

「安藤《あんどう》くん、トラブルが起《お》きたのですね？」

マダム・クロエが、ボクにきいた。

そう言《い》われて、『はい、そうです。』と、答《こた》えられるわけない。

ボクは、『スイーツ・ホテル』のシェフ・パティシエで総支配人《そうしはいにん》。プライドがあるんだ。

だけど、このままでは……。

なにも言《い》えず、立《た》ちつくした。

「──シェフ、マダム・クロエに相談《そうだん》しましょう。」

水無瀬《みなせ》くんが、ボクの目《め》を見《み》て言《い》った。

すっかり話《はなし》をきいたマダム・クロエが言《い》った。

「リッチ・クリームがなくても、いまからでもまにあうケーキがあります。『焼《や》き菓子《がし》』に目《め》を向《む》けてみては、どうでしょう？」

ドキッとした。焼《や》き菓子《がし》だって!?

「それはむりです。」

ボクは即座《そくざ》に却下《きゃっか》した。

「シェフ、わたしはいい提案《ていあん》だと思《おも》います。焼《や》き菓子《がし》には、いろんな種類《しゅるい》があります。いまから考《かんが》えましょう！」

焼《や》き菓子《がし》好《ず》きのスーシェフの顔《かお》が、パッと輝《かがや》いた。

「ダメだと言《い》っているだろう。いくらキミが好《す》きでも、焼《や》き菓子《がし》は地味《じみ》なんだ。パーティーで、お客《きゃく》さまによろこんでいただけるわけがない！」

相談《そうだん》したのが、まちがいだった。マダム・クロエなら、もっとすばらしいアドバイスがあると思《おも》ってた——。

「すべてのお菓子《かし》は、焼《や》き菓子《がし》からはじまっています。オープニング・パーティーにぴったりではないでしょうか。」

マダム・クロエがキッパリと言《い》った。

「むりだ、ありえない。」

ボクは、首《くび》をふった。

「セルジュさん、そうかたくなにならないで。少《すこ》し考《かんが》えを変《か》えてみませんか？　こちらのホテルの雰囲気《ふんいき》と焼《や》き菓子《がし》、とても合《あ》うと思《おも》いますよ。」

緑川《みどりかわ》さんが真剣《しんけん》な顔《かお》で言《い》った。わかっている。だけど、どうしてもダメなんだ。

「なぜ、ムキになっているの？」

「クロエ先生《せんせい》の提案《ていあん》、考《かんが》えてみて……。」

「どうして焼《や》き菓子《がし》じゃ、ダメなの？」

『ちびっ子《こ》パティシエ』たちが、まっすぐな瞳《ひとみ》でボクに迫《せま》る……。

「それはね――。ボクは焼《や》き菓子《がし》が、こわいんだよ。」

ずっと秘密《ひみつ》にしていたことを、言《い》ってしまった。

「焼《や》き菓子《がし》が、こわい？　くわしく、話《はな》してくださいませんか？」

マダム・クロエが、静《しず》かに言《い》った。

「クイニーアマン、カヌレ、フロランタン、ダックワーズ……。たくさんの焼《や》き菓子《がし》ブームがありました。」

ボクは、ゆっくり話《はな》しはじめた。

「ええ、いろいろ流行《りゅうこう》しましたね。わたし、自由《じゆう》が丘《おか》のフロランタン専門店《せんもんてん》まで行《い》って、ならびましたのよ。」

緑川《みどりかわ》さんが、恥《は》ずかしそうに笑《わら》った。

「その専門店《せんもんてん》は、もうありませんよ。なぜだと思《おも》いますか？」

ボクは、たずねた。

「おいしくないからでしょう。あんなにならんで買《か》ったのに、ほんとうにがっかりしました。」

緑川《みどりかわ》さんがポツリと言《い》った。

「焼《や》き菓子《がし》は、簡単《かんたん》だと思《おも》っている人《ひと》が多《おお》いの。だから気軽《きがる》にお店《みせ》を開《ひら》くんですね。」

マダム・クロエが悲《かな》しそうな顔《かお》をして言《い》った。

「けれど、その考《かんが》えはまちがい。焼《や》き菓子《がし》は、パティシエの腕《うで》が、はっきりわかるお菓子《かし》なんだよ。」

静《しず》かな部屋《へや》に、ボクの声《こえ》が、ひびいた。

「まさか……。デコレーションケーキのほうが、腕《うで》がわかるんじゃないの？」

ちびっこパティシエの男《おとこ》の子《こ》が、不思議《ふしぎ》そうな顔《かお》をしている。

「キミに質問《しつもん》してもいいかな？　デコレーションケーキを作《つく》ろうとして、スポンジケーキを焼《や》いた。焼《や》き方《かた》にムラがあった。さぁ、キミならどうする？」

「うーん。まず、ナイフで色《いろ》むらをけずります。そのあとふつうに、クリームでナッペして、デコレーションケーキ作《づく》りをします。」

真剣《しんけん》な答《こた》えが返《かえ》ってきた。

「そう、スポンジケーキは、修正《しゅうせい》がきくね。では、焼《や》き菓子《がし》に焼《や》きムラがついたら？」

沈黙《ちんもく》が、つづいている。

「オーブンから出《だ》したそのままの姿《すがた》が勝負《しょうぶ》。焼《や》きムラがあっては商品《しょうひん》になりません。廃棄《はいき》です。」

マダム・クロエが、きびしい顔《かお》で答《こた》えた。

「次《つぎ》の質問《しつもん》。スポンジケーキのふくらみが足《た》りなかったら、どうする？」

「これも修正《しゅうせい》できます。スポンジケーキを二枚《まい》にスライスし、ハケでシロップをたっぷりぬって、間《あいだ》にはさむフルーツを多《おお》めにしたら、大丈夫《だいじょうぶ》です。」

緑川《みどりかわ》さんのお嬢《じょう》さんが、キリッと答《こた》えた。

「焼《や》き菓子《がし》のふくらみにムラがあったら？」

ちびっ子《こ》たちの顔《かお》つきが変《か》わった。

「わかったみたいだね。それも廃棄《はいき》さ。商品《しょうひん》として、あつかえないんだ。」

もうだれも、話《はな》さない。沈黙《ちんもく》が、つづいてる。

「焼《や》き菓子《がし》は、材料《ざいりょう》をまぜて、型《かた》に入《い》れ、オーブンに入《い》れたらおしまい。修正《しゅうせい》はきかない。これが、ボクが『こわい。』と言《い》った理由《りゆう》だよ。」

みんなに向《む》かって言《い》った。

「スーシェフが『焼《や》き菓子《がし》が好《す》き。』と言《い》ったのは、パティシエとしての〝自信《じしん》〟なのですね。」

緑川《みどりかわ》さんが、つぶやいた。

「ボクが『焼《や》き菓子《がし》がこわい。』と言《い》ったのは、パティシエとしての〝自信《じしん》のなさ〟なんだよ。」

本音《ほんね》を言《い》ってしまった。

みんなが、ボクを見《み》つめている。なんとも言《い》えない顔《かお》をして……。

「シェフがそうおっしゃるには、理由《りゆう》があるんです――。こちらのホテルは、シェフのおじいさまが経営《けいえい》なさっていたホテルでした。おじいさまが体調《たいちょう》をくずされて――。」

水無瀬《みなせ》くんが、思《おも》いつめたような顔《かお》で話《はな》しはじめた。

「パティシエ修業《しゅぎょう》をはじめていたというのに、ホテルをひきつぐように言《い》われたのさ。」

ボクは、みんなに告白《こくはく》した。

「……それで、修業《しゅぎょう》をやめて、スイーツ・ホテルを作《つく》ったの!?」

ちびっ子《こ》パティシエが、ボクを見《み》あげて言《い》った。

「そうだよ。ボクはもっと修業《しゅぎょう》をしたかった。でも、ホテルをひきつげば、ボクの理想《りそう》の〝お菓子《かし》の総合《そうごう》プロデュース〟を形《かたち》にできる、絶好《ぜっこう》のチャンスになるからね。」

彼《かれ》の目《め》を見《み》つめて、答《こた》えた。

「……ひょっとして水無瀬《みなせ》さんは、まえのホテルのシェフ・パティシエさんですか？」

緑川《みどりかわ》さんが、たずねた。

「はい、デザート部門《ぶもん》のシェフでした。」

水無瀬《みなせ》くんが答《こた》える。

「あの、シェフ・パティシエさんが、なぜスーシェフなの？」

緑川《みどりかわ》さんのお嬢《じょう》さんが不思議《ふしぎ》そうな顔《かお》をしてきいた。

「ホテル経営《けいえい》の問題《もんだい》ですか？」

マダム・クロエが、まっすぐボクを見《み》つめて言《い》った。

「……はい、そのとおりです。」

するどい問《と》いかけに、ボクはうなずくしかなかった。

と、水無瀬《みなせ》くんがスッと前《まえ》に出《で》て、話《はな》しはじめた。

「ホテルの経営《けいえい》は、ギリギリでした。立《た》てなおすために〝スーパー・スイーツ・プリンス〟の知名度《ちめいど》を利用《りよう》しようと、わたしが提案《ていあん》しました。——わたしより、有名人《ゆうめいじん》がシェフ・パティシエのほうが、お客《きゃく》さまを呼《よ》びこむことができますから。」

ホテルとボクを守《まも》ろうと、いっしょうけんめいなスーシェフの水無瀬《みなせ》くん……。ありがとう。でも、正直《しょうじき》に言《い》うよ。

「もう、わかっただろう。ボクは、焼《や》き菓子《がし》がこわい〝いつわりのシェフ・パティシエ〟なんだ。」

みんなの顔《かお》が、凍《こお》りついた。

9 チームを作《つく》ろう！　すばるのアイディア

〝いつわりのシェフ・パティシエ〟

セルジュさんの言葉《ことば》が、わたしのこころをギュッとつかんで、はなしてくれない。

こんな気持《きも》ち、はじめてだ。こころが痛《いた》いんじゃない、切《せつ》ないんだ。

セルジュさんが力《ちから》なく下《した》を向《む》いてる姿《すがた》を見《み》て思《おも》った。

みんなの前《まえ》で、自分《じぶん》の弱《よわ》さを告白《こくはく》するなんて、どんなにつらいだろう……。

どうにかして、もとの自信満々《じしんまんまん》のセルジュさんにもどってほしい。

そのためには、焼《や》き菓子《がし》！

セルジュさんが『こわい。』と言《い》ってる焼《や》き菓子《がし》を作《つく》って、パーティーが成功《せいこう》したら、きっと自信《じしん》がつくはず。

だけど、パーティーにピッタリの焼《や》き菓子《がし》ってなんだろう？

なにかあるはずだよね。きっと、なにか——。わたしは必死《ひっし》で考《かんが》えた。そして——。

「あーっ、あれだよ！」

ティールームの焼《や》き菓子《がし》の型《かた》のディスプレイを見《み》た、クロエ先生《せんせい》の言葉《ことば》を思《おも》いだした。

『クグロフは、家族《かぞく》や友《とも》だちと、切《き》りわけて食《た》べるんですよ。』


「ちょっとまっててください！」

わたしは事務所《じむしょ》を飛《と》びだした。

「すばる、どこ行《い》くの？」

カノンがさけんだ。

「ティールーム！」

ひと言答《ことこた》えて、ろうかを走《はし》りだした。わたしは、ティールームへ入《はい》り、マントルピースの前《まえ》で止《と》まった。

そして、キレイに飾《かざ》ってある焼《や》き菓子《がし》の型《かた》の中《なか》から、クグロフ型《がた》を手《て》にとった。アン

ティークのクグロフ型《がた》、新《あたら》しい型《かた》、五つすべてをかかえ、事務所《じむしょ》にもどった。

「……セルジュさん、パーティーの焼《や》き菓《が》子《し》はクグロフを作《つく》りませんか？」

わたしは、ドキドキしながらクグロフ型《がた》をさしだした。

「…………」

なにも言《い》わないセルジュさん。長《なが》い沈黙《ちんもく》がつづいてる。

「クグロフ、いいアイディアだと思《おも》います。」

スーシェフ、水無瀬《みなせ》さんが力強《ちからづよ》く言《い》った。

「すばる、ちょっとまって。クグロフだ

けって考《かんが》えてるの？　地味《じみ》すぎるよ。いろんな種類《しゅるい》の焼《や》き菓子《がし》を作《つく》ってにぎやかにしないと。フィナンシェ、パイ、マドレーヌとか……。」

カノンがあわてて言《い》った。

「村木《むらき》の心配《しんぱい》もわかる。だけど、クグロフだけを作《つく》って、パーティーに集《あつ》まったみんなでわけるってのも、ステキな演出《えんしゅつ》じゃないかな？」

渚《なぎさ》がマジメな顔《かお》で言《い》った。

「そうそう、村木《むらき》さん。クグロフはマリー・アントワネットが大好《だいす》きだったお菓子《かし》なんですよ。」

クロエ先生《せんせい》がニコッと笑《わら》って言《い》った。

「ベルサイユ宮殿《きゅうでん》で、食《た》べていたの？」

カノンがおどろいて考《かんが》えはじめてる。

「わたしも、クグロフがいいと思《おも》います。クラシックなホテルの雰囲気《ふんいき》とマリー・アントワネットが愛《あい》したクグロフ。ぴったりじゃないでしょうか？」

つばさちゃんの言葉《ことば》に、カノンがうなずいた。

みんなの熱心《ねっしん》な顔《かお》を見《み》ていたら、わたしはパパの言葉《ことば》を思《おも》いだした。

『こころがひとつになったキッチンからは、レシピ以上《いじょう》のものが生《う》まれる。』

「あの、みんなで作《つく》りませんか？」

わたしは、真剣《しんけん》な顔《かお》でセルジュさんを見《み》つめた。

「みんなで？」

セルジュさんが、おどろいてる。

「はい。セルジュさんと、スイーツ・ホテルのパティシエさんと、わたしたちがいっしょに作《つく》るんです。」

「わたしたちも？」

カノンが、不思議《ふしぎ》そうにきいた。

「そう！　みんなで作《つく》ると、きっとすばらしいクグロフができるよ。」

わたしは力《ちから》いっぱい返事《へんじ》をした。

「ボクらが、キミたちといっしょに……？」

ホテルのパティシエのお兄《にい》さんたちが、顔《かお》を見合《みあ》わせて言《い》った。ふたりとも、くちびるをキッと結《むす》んで腕組《うでぐ》みをしてる。

その顔《かお》を見《み》て、シュンとなった。自分《じぶん》たちでは、パティシエ見習《みなら》いのつもりだったのに、小学生《しょうがくせい》にしか見《み》えないのかな。

「ちびっ子《こ》パティシエくん。」

セルジュさんが、わたしにやさしく声《こえ》をかけた。

「……バレンタイン・パーティー、おぼえている？」

セルジュさんが、話《はな》しはじめた。

「ボクのせいで床《ゆか》にチョコレートを落《お》としてしまった。あのとき、キミは必死《ひっし》で新《あたら》しいチョコレートを考《かんが》えた。そして、パーティーを成功《せいこう》させたよね。あきらめず、がんばっていた。」

なつかしそうに、わたしに話《はな》しかけてる。

「みんなで力《ちから》を合《あ》わせたから、できたんです。『お菓子《かし》のアトリエ　マダム・クロエ』みんなで。だから、クグロフも！」

真剣《しんけん》に答《こた》えた。

「苦手《にがて》の焼《や》き菓子《がし》で、パーティーを成功《せいこう》させたら、セルジュさんは〝いつわりのシェフ・パティシエ〟じゃなくなる。そうよね！」

カノンがうれしそうに言《い》った。

「スゲーよ、すばる。セルジュさん――、作《つく》ろうよ、クグロフ！」

渚《なぎさ》がグッとこぶしをにぎって言《い》った。

「〝焼《や》き菓子《がし》がこわい〟なんて言《い》わないで。」

つばさちゃんが、祈《いの》るようにつぶやいた。

「またキミに力《ちから》をもらったね。……焼《や》き菓子《がし》と向《む》き合《あ》う決心《けっしん》がついたよ。」

そう言《い》って、顔《かお》を上《あ》げた。

「シェフ！」

スーシェフの水無瀬《みなせ》さん、うれしそうだ。

むずかしい顔《かお》をしていたパティシエのお兄《にい》さんたちも、わたしを見《み》てニッコリうなずいてくれた。

みんなでほんとうにおいしいクグロフを作《つく》って、パーティーを成功《せいこう》させよう。

おいしい焼《や》き菓子《がし》なら、お客《きゃく》さまのこころをつかむことができる。

みんなでこころをひとつにしたら、ほんとうにおいしいクグロフができる。

わたしは、こころの中《なか》で強《つよ》く思《おも》った。

「マダム・クロエ、『スイーツ・ホテル』から『お菓子《かし》のアトリエ　マダム・クロエ』へお願《ねが》いがあります。オープニング・パーティーの、シェフ・パティシエをつとめていただけませんか。」

セルジュさんが言《い》った。

「はい、わかりました。みんなでパーティーのクグロフを作《つく》りましょう。」

クロエ先生《せんせい》が力強《ちからづよ》く返事《へんじ》をした。

「キミたち、いっしょにがんばろうね。」

パティシエのお兄《にい》さんたちが言《い》った。

「はいっ！　よろしくお願《ねが》いします。」

みんなで声《こえ》を合《あ》わせて返事《へんじ》をした。

カノンが泣《な》きそうな顔《かお》をして、渚《なぎさ》の服《ふく》のそでをギューッとつかんでる。

「なんか、感動《かんどう》して……。がんばるよ、わたし！」

すると、つばさちゃんが、スーッとわたしのそばから、はなれた。

「緑川《みどりかわ》さん。」

クロエ先生《せんせい》がすぐに声《こえ》をかけた。

「長《なが》いことアトリエのレッスンをお休《やす》みしていますが、明日《あす》はわたしのところへ来《く》る時間《じかん》があるかしら？」

つばさちゃんの顔《かお》が、パッと明《あか》るくなって、

「はいっ、もちろんあります！」

力《ちから》いっぱい返事《へんじ》をした。

わたし、最高《さいこう》にドキドキしてる。明日《あす》はつばさちゃんもいっしょにクグロフ作《づく》りだ。

「ひとつ、提案《ていあん》がございます。」

じっと話《はなし》をきいていた、つばさちゃんのママが口《くち》を開《ひら》いた。

「パーティーのお客《きゃく》さまが『楽《たの》しかった。』と思《おも》える演出《えんしゅつ》をしたいのです。総支配人《そうしはいにん》さんの許可《きょか》がいただければ、ですが。」

そうだった。どんなにおいしく作《つく》っても、クグロフの魅力《みりょく》を伝《つた》えきれなかったら、パーティーは成功《せいこう》とは言《い》えないんだ……。

「アイディアが、すでにおありのようですね。」

セルジュさんの顔《かお》つきが、サッと変《か》わった。パーティーをとり仕切《しき》る、総支配人《そうしはいにん》の顔《かお》になっている。

「はい。クグロフは、マリー・アントワネットの大好《だいす》きなお菓子《かし》。それをヒントに、思《おも》いついたことがあるんです。」

つばさちゃんママが、セルジュさんに言《い》った。

「おもしろそうですね。あとで担当《たんとう》スタッフといっしょにお話《はなし》をうかがわせてください。」

セルジュさんがキリッと答《こた》えた。つばさちゃんママがうれしそうにうなずいた。

こころが、ほんとうにひとつになった。

「さあ、つばさ、もう休《やす》む時間《じかん》よ。」

と、つばさちゃんママが言《い》った。

「みなさん、明日《あした》よろしくお願《ねが》いします。おやすみなさい！」

つばさちゃんが楽《たの》しそうに言《い》って、ママと帰《かえ》っていった。

わたしたちも明日《あす》のために、お部屋《へや》へ帰《かえ》ろう。

「おやすみなさい。」

パティシエさんたちとあいさつをして、出《で》ていこうとした。

「あの……。」

セルジュさんが、わたしを呼《よ》びとめた。

「ありがとう。」

そう言《い》って、にっこり笑《わら》った。


『こころがひとつになったキッチンからは、レシピ以上《いじょう》のものが生《う》まれる。』

わたしは、こころの中《なか》でもう一度《いちど》この言葉《ことば》をかみしめた。

10　みんなでククロフ！

おはようございます。すばるです。

スイーツ・ホテルのベッドは、とても快適《かいてき》！　ぐっすり寝《ね》てバチッと目《め》がさめました。

となりのベッドでは、まだカノンがスースーと寝息《ねいき》を立《た》ててる。

『これがないと寝《ね》られない。』って、持《も》ちこんだ古《ふる》いベビー毛布《もうふ》に顔《かお》をうずめて――。おしゃれ番長《ばんちょう》のカノン、こんなかわいいところがあるんだよ。

洗面所《せんめんじょ》へ行《い》こうと、リビングを通《とお》ったら、クロエ先生《せんせい》が窓辺《まどべ》に立《た》っていた。

「クロエ先生《せんせい》、おはようございます。」

「おはようございます。星野《ほしの》さん、ステキな朝《あさ》ですね。」

うれしそうにほほえんだ。

顔《かお》を洗《あら》っていたら、カノンが起《お》きてきた。

お着《き》がえが終《お》わったころ、渚《なぎさ》が起《お》きてきた。

「おそいねー。」

って言《い》ったら、

「いつも妹《いもうと》といっしょに寝《ね》ているから、ひとり寝《ね》を楽《たの》しんでたんだ。」

だって。

さぁ、朝食《ちょうしょく》の時間《じかん》だ。場所《ばしょ》は、ウェルカム・スイーツを食《た》べたティールームだよ。

窓《まど》ぎわのいちばん明《あか》るいテーブルに、つばさちゃんがすわってる。

「つばさちゃん、おはよう。いっしょにすわってもいい？」

「あれ、つばさちゃん、ママは？」

いつも、ふたりはいっしょなのに、どこへ行《い》ったのかな？

「〝お菓子《かし》のギャラリー〟で知《し》り合《あ》った人《ひと》と、お話《はなし》があるんだって。ホラ、あそこに。」

楽《たの》しそうに話《はな》している、つばさちゃんママ。お相手《あいて》のあの人《ひと》、おぼえてる。赤《あか》いスーツを着《き》ていた上品《じょうひん》なおばあさんだ。

朝《あさ》から熱心《ねっしん》に、なにを話《はな》しているんだろう？

「『スイーツ・ホテル』の朝食《ちょうしょく》は、英国式《えいこくしき》なんだって。朝食専用《ちょうしょくせんよう》のキッチンから運《はこ》ばれてくるのよ。」

つばさちゃんがうれしそうに言《い》った。

「なんでもよく知《し》ってるね。」

渚《なぎさ》が朝《あさ》から、つばさちゃんをほめている。

はじめにオレンジジュースが運《はこ》ばれてきた。次《つぎ》は、ミルクとシリアル。そして、キツネ色《いろ》の薄《うす》切《ぎ》り食《しょく》パン、バター、マーマレード。カリカリベーコンとたまご料理《りょうり》だ。

英国式朝食《えいこくしきちょうしょく》は、わたしたちもよく食《た》べる朝《あさ》ごはんだった。だけど、すごーくおいしい。

それは、スイーツばかり食《た》べていたから？　このお部屋《へや》がステキだから？　みんなと食《た》べているから？

きっと、全部《ぜんぶ》だね。

「わたし、ゆうべはいろいろ考《かんが》えちゃって、なかなかねむれなかったんだ。」

つばさちゃんが、ベーコンをモグモグしながら言《い》った。

そうか――。わたしたちはクロエ先生《せんせい》のアトリエで、お客《きゃく》さまのケーキを作《つく》ってるけど、つばさちゃんははじめてだもんね。

「わたしたちがいるから、だいじょうぶよ。」

カノンがニコッとわらってV《ブイ》サインした。

食後《しょくご》のコーヒーが運《はこ》ばれてきた。なんと、カノンと渚《なぎさ》はコーヒーが飲《の》めるんだよ。わたしとつばさちゃんはミルクティーなのに。

「みなさん、厨房《ちゅうぼう》へ行《い》くまえに、クグロフの勉強《べんきょう》をしましょう。ホテルのラウンジの本棚《ほんだな》でいい本《ほん》を見《み》つけましたので、借《か》りてきました。」

クロエ先生《せんせい》が、大《おお》きな本《ほん》を出《だ》した。

「クグロフは、〝僧侶《そうりょ》の帽子《ぼうし》〟という意味《いみ》です。」

話《はな》しながら、ページをめくった。

「これが、クグロフの焼《や》きあがりか——。」

渚《なぎさ》が写真《しゃしん》をじっと見《み》つめてつぶやいた。

「焼《や》き色《いろ》、ふくらみ具合《ぐあい》、しっかりおぼえておこうね。」

つばさちゃんが、キリッと言《い》った。

わたしたちは、クグロフのできあがりを頭《あたま》の中《なか》に記憶《きおく》した。

クロエ先生《せんせい》が次《つぎ》のページをめくった。

「じつはクグロフには、ふたつのレシピがあるんです。この写真《しゃしん》を見《み》て。最初《さいしょ》のクグロフとちがうレシピで作《つく》ったものよ。ちがいがわかるかしら？」

みんなで、ジーッと見《み》くらべた。

「表面《ひょうめん》の質感《しつかん》がちがうようです。」

つばさちゃんが、むずかしい言葉《ことば》で答《こた》えた。

「ホントだ。はじめのクグロフは固《かた》めのパウンドケーキみたい。で、こっちはお菓子《かし》に近《ちか》いパンみたい。」

渚《なぎさ》が言《い》った。

「あれー、このクグロフ型《がた》、カラフルなもようがついてる。」

わたしは写真《しゃしん》のすみを指《ゆび》さした。

「これ、お茶碗《ちゃわん》みたいね。金属《きんぞく》でない型《かた》でも、焼《や》き菓子《がし》ができるのね──。」

カノンが不思議《ふしぎ》そうな顔《かお》をした。

「みなさん、よく気《き》がつきましたね。こちらのクグロフは、イースト菌《きん》を発酵《はっこう》させて作《つく》ったものです。フランスのアルザス地方《ちほう》では、陶器製《とうきせい》のクグロフ型《がた》を使《つか》う伝統《でんとう》があるの。」

クロエ先生《せんせい》が材料《ざいりょう》のページを指《ゆび》さした。イースト菌《きん》は、パン作《づく》りで使《つか》うものね。どうりでパンっぽいはずだわ。

「パーティーでは、どちらのレシピで作《つく》るの？」

渚《なぎさ》が質問《しつもん》した。

「発酵《はっこう》のないレシピにします。焼《や》き菓子《がし》のおいしさをお客《きゃく》さまへ伝《つた》えたいですからね。」

本《ほん》をパタンととじて、クロエ先生《せんせい》が答《こた》えた。

「はじめて作《つく》るクグロフ。一発勝負《いっぱつしょうぶ》だぞー。」

渚《なぎさ》はそう言《い》うと、くちびるをキュッと結《むす》んだ。

「焼《や》き菓子《がし》クグロフとの真剣勝負《しんけんしょうぶ》、みなさん、がんばりましょうね。」

クロエ先生《せんせい》が、わたしたちを見《み》まわして言《い》った。

ホテルの厨房《ちゅうぼう》は、二重《じゅう》の扉《とびら》で仕切《しき》られている。一枚目《まいめ》のドアの前《まえ》で、消毒《しょうどく》マットで靴《くつ》の裏《うら》をキレイにした。次《つぎ》に、二枚目《まいめ》の扉《とびら》のまえの自動洗浄機《じどうせんじょうき》で手《て》を洗《あら》う。

「おはよう。みなさん！　さぁ、これに着《き》がえて――。」

セルジュさんが、ニッコリ笑《わら》ってエプロンを出《だ》した。

ティールームの紅茶《こうちゃ》のお姉《ねえ》さんがつけていた、カワイイ白《しろ》いエプロンだ。

「キミには、こっち。」

渚《なぎさ》は白《しろ》くて長《なが》い前《まえ》かけだ。

「ありがとうございます。」

背《せ》すじをピンッとのばし、厨房《ちゅうぼう》に入《はい》った。空気《くうき》がヒンヤリ冷《つめ》たい。

広《ひろ》い……。皇子台小《おうじだいしょう》の給食室《きゅうしょくしつ》みたい。厨房《ちゅうぼう》のまんなかに、大《おお》きな大《おお》きな広《ひろ》い作業台《さぎょうだい》。

「見《み》て、天板《てんばん》が大理石《だいりせき》よ。」

つばさちゃんがおどろいてる。

「大理石《だいりせき》はヒンヤリしていて、熱《ねつ》を伝《つた》えにくいんだ。パイを作《つく》るとき生地《きじ》がダレなくていいんだぜ。」

渚《なぎさ》がキリッと説明《せつめい》した。

使《つか》いやすそうな大《おお》きな作業台《さぎょうだい》。これだけ大《おお》きかったら、ほんとうにみんなで、ひとつになってクグロフ作《づく》りができそうだ。

「ねぇ、足《あし》もと見《み》て。わたしたちのために、足場《あしば》ができてる。」

つばさちゃんが作業台《さぎょうだい》の下《した》を指《ゆび》さした。セルジュさんの気《き》づかいだ。ますますがんばらなくちゃ！

「作業台《さぎょうだい》のまわりには、大《おお》きなオーブンとコンロがあるだけね。洗《あら》い場《ば》、食材庫《しょくざいこ》はべつのエリアにあるわ。」

カノンが厨房全体《ちゅうぼうぜんたい》を歩《ある》いて、仕事《しごと》の流《なが》れを確認《かくにん》してる。

「では、オープニング・パーティーのクグロフ製作《せいさく》に入《はい》ります。今回《こんかい》は、マダム・クロエにシェフ・パティシエをお願《ねが》いしました。」

セルジュさんの声《こえ》が、厨房《ちゅうぼう》にひびいた。

「『お菓子《かし》のアトリエ』のマダム・クロエです。本日《ほんじつ》一日《にち》、シェフ・パティシエをつとめます。よろしくお願《ねが》いします。」

クロエ先生《せんせい》がシャキッとあいさつした。

「お願《ねが》いします！」

みんなで声《こえ》を合《あ》わせてあいさつした。サーッと鳥肌《とりはだ》がたった。

わたしたち、ホテルの厨房《ちゅうぼう》に立《た》っているんだ——。

クロエ先生《せんせい》が、型《かた》を配《くば》りはじめた。

ふたりのホテルのパティシエさんにひとつずつ、セルジュさん、スーシェフ水無瀬《みなせ》さんにひとつずつわたしした。そしてカノン、渚《なぎさ》、つばさちゃん、わたしの四人《にん》にひとつだ。

クロエ先生《せんせい》は次《つぎ》に材料《ざいりょう》と分量《ぶんりょう》を書《か》いた紙《かみ》を配《くば》った。

記《しる》された材料《ざいりょう》は、バター、粉砂糖《こなざとう》、タマゴ、グラニュー糖《とう》、薄力粉《はくりきこ》、塩《しお》。たった六種類《しゅるい》の材料《ざいりょう》だ。

生地《きじ》をまぜるまえに、クグロフ型《がた》の下準備《したじゅんび》をしなくちゃね。

「わたしがするね。」

つばさちゃんが、バターを手《て》にとった。

型《かた》の内側《うちがわ》にバターをぬり、強力粉《きょうりきこ》をはたき、冷蔵庫《れいぞうこ》へ入《い》れる。この作業《さぎょう》をていねいにしないと、型《かた》からぬけなくなってしまうんだ。渚《なぎさ》は、材料《ざいりょう》の計量《けいりょう》。わたしとカノンは、器具《きぐ》の準備《じゅんび》――。みんなテキパキと仕事《しごと》をしている。

「では、生地作《きじづく》りをはじめます。」

最初《さいしょ》の作業《さぎょう》は、室温《しつおん》にもどしたバターをホイップするんだ。そこへ粉砂糖《こなざとう》をくわえ、さらにホイップ！

力《ちから》がいる大変《たいへん》な仕事《しごと》なんだよ。

カカカッ――。いっせいにホイッパーを動《うご》かす音《おと》がひびきだした。

クロエ先生《せんせい》は、みんなのボウルをチェックする。

「星野《ほしの》さん、練《ね》ってはいけません。軽《かる》く空気《くうき》をふくませながらホイップして。」

「はい！」

空気《くうき》が入《はい》るように、わたしはホイッパーを大《おお》きく動《うご》かした。すると、つばさちゃんが、そばに来《き》た。

「つかれるまえに言《い》ってね。すぐにかわるから。」

つばさちゃんの提案《ていあん》で、順番《じゅんばん》でホイップすることにした。わたし↓つばさちゃん↓カノン↓渚《なぎさ》、ホイッパーをバトンに。

こうすれば、力《ちから》が足《た》りなくても、しっかりしたホイップができるものね。

――カカカカッ、カカカカッ。

ホイッパーを動《うご》かす、ものすごい音《おと》がきこえてきた。

「すごい、セルジュさんの気迫《きはく》が伝《つた》わってくるよ――。」

渚《なぎさ》が、感心《かんしん》している。すると――、

「安藤《あんどう》くん、力《ちから》まかせでは、バターの粒《つぶ》がつぶれてしまいます！」

クロエ先生《せんせい》が、セルジュの手《て》をパッとおさえた。

「もっとやさしく。粉砂糖《こなざとう》のひと粒《つぶ》ひと粒《つぶ》を、バターの粒《つぶ》でやさしくつつみこむよう、ていねいに。」

クロエ先生《せんせい》が言《い》った。

バターの『粒《つぶ》』なんて見《み》えない。それなのに『粒《つぶ》』と言《い》うクロエ先生《せんせい》。焼《や》き菓子《がし》をおいしく作《つく》るには、ここまでていねいに考《かんが》えなくちゃいけないんだ。

「ひと粒《つぶ》、ひと粒《つぶ》……。わかりました。きめ細《こま》かいやさしいバターになるよう、ホイップします。」

セルジュさんが、ホイッパーをにぎりなおした。

「次《つぎ》に、卵黄《らんおう》を少量《しょうりょう》ずつくわえ、さらにホイップして、塩《しお》をくわえます。」

カノンが卵黄《らんおう》をといてボウルへそそいだ。ホイッパー担当《たんとう》は、渚《なぎさ》だね。

「水無瀬《みなせ》さんは、チョコレートクグロフの生地《きじ》にしてください。」

「はい、わかりました！」

クロエ先生《せんせい》のとつぜんの指示《しじ》に、水無瀬《みなせ》さんはすぐに対応《たいおう》して、チョコレートを湯煎《ゆせん》し、バター生地《きじ》を半分《はんぶん》ボウルにうつして合《あ》わせはじめた。

やっぱり水無瀬《みなせ》さんは、スゴイ……。わたしも、がんばらなくちゃ。

「では、次《つぎ》の作業《さぎょう》です。卵白《らんぱく》とグラニュー糖《とう》でメレンゲ作《づく》りです。」

クロエ先生《せんせい》は、次《つぎ》から次へと指示《しじ》を出《だ》す。

ホイッパーの音《おと》、ボウルにぶつかる音《おと》、声《こえ》をかけ合《あ》いながら仕事《しごと》をする音《おと》。わたしたちは、もくもくと作業《さぎょう》を進《すす》めていく。

だけど――。

四人《にん》でひとつのクグロフ作《づく》りは、楽《たの》しい。でも、大人《おとな》たちと同《おな》じように進《すす》めるのは、大《たい》変《へん》だ。

「手《て》が、しんどい……。わたしたちは、ゆっくり進《すす》めようよ。」

つい、弱音《よわね》を吐《は》いてしまった。

「すばる、『こころがひとつになったキッチンからは、レシピ以上《いじょう》のものが生《う》まれる。』だろう？」

渚《なぎさ》が、わたしの背中《せなか》をポンッとたたいて言《い》った。

「うん、そうだった……。ごめん！」

わたしはグッとくちびるをかんで、ホイッパーをギュッとにぎりなおした。

――カッカッカッ。

となりでセルジュさんが、ていねいにホイップしている音《おと》がする。

「安藤《あんどう》くん、メレンゲにまぜた砂糖《さとう》の種類《しゅるい》は、なんでした？」

クロエ先生《せんせい》が、質問《しつもん》した。

「グラニュー糖《とう》です。」

セルジュさんがホイップをつづけながら答《こた》えた。

「……粉砂糖《こなざとう》を入《い》れたバターのホイップのしかたと、同《おな》じでいいのかしら?」

セルジュさんが、クロエ先生《せんせい》を見《み》つめかえした。

「──グラニュー糖《とう》の粒《つぶ》は、あらいんだ。そのひと粒《つぶ》ひと粒《つぶ》を、卵白《らんぱく》としっかりまぜるために、もっと空気《くうき》を入《い》れこまないと!」

セルジュさんはそう言《い》うと、今度《こんど》はホイッパーを大《おお》きく動《うご》かしはじめた。

粉砂糖《こなざとう》の『ひと粒《つぶ》』、グラニュー糖《とう》の『ひと粒《つぶ》』、そんな細《こま》かいことを考《かんが》えて、まぜるなんて……。

「焼《や》き菓子《がし》は、ただまぜあわせるだけでは、いけません。まぜる材料《ざいりょう》のひと粒《つぶ》ひと粒《つぶ》を意《い》識《しき》するのですよ。」

クロエ先生《せんせい》の声《こえ》が厨房《ちゅうぼう》にひびいた。

わたしたちはクロエ先生《せんせい》の声《こえ》をきいて、気持《きも》ちを引《ひ》きしめた。ホイッパーをリレーのバトンのようにして、メレンゲを完成《かんせい》させた。

さぁ、次《つぎ》の段階《だんかい》だ。できたてのメレンゲの半分《はんぶん》を、バターをホイップした中《なか》へ入《い》れ、まぜるんだ。わたしは、ホイッパーをゴムべらに持《も》ちかえた。と、そのとき──。

メレンゲを作《つく》ったパティシエさんが、ホイッパーでメレンゲをすくい、バターをホイップしたボウルにポイッと入《い》れた。

するとバターのボウルを持《も》ったパティシエさんが、左手《ひだりて》でクルッとボウルをまわしながら、右手《みぎて》でゴムべらをクイッと動《うご》かした。なんて軽《かろ》やかな動《うご》きなんだろう……。

「カッケー！　どうやるんですか？」

渚《なぎさ》がパティシエさんにきいた。

「ボウルを四分《ぶん》の一くらい左《ひだり》にまわしながら、ゴムべらを動《うご》かすんだ。こうすると、メレンゲをつぶさずに、まぜることができるよ。クルッ、クイッ！　クルッ、クイッと四回《かい》すると、ボウルがもとの位置《いち》にもどるようにね。」

手《て》を動《うご》かしながら、パティシエさんが教《おし》えてくれた。さぁ、やってみよう。わたしがメレンゲをポイッとバターのボウルへ入《い》れた。

渚《なぎさ》がゴムべらでクルッ、クイッ、クルッ、クイッ！

「すごくまぜやすいよ。やってみて。」

カノンが、もうひとすくいメレンゲをバターのボウルへポイッと入《い》れた。

今度《こんど》はつばさちゃんが、ボウルをクルッとまわし、ゴムべらでクイッとまぜはじめた。

「緑川《みどりかわ》さん、もっと大胆《だいたん》にしないと、メレンゲがつぶれてしまいますよ。ゴムべらを大《おお》きく動《うご》かし、ふたつの生地《きじ》をひとつにして。——こうですよ。」

クロエ先生《せんせい》がつばさちゃんに手《て》をそえて教《おし》えている。

最後《さいご》は、ふるった粉《こな》を入《い》れるのだけど、これがいちばんむずかしい。しっかりとまぜなくてはいけないけど、まぜすぎると焼《や》きあがりが固《かた》くなってしまうんだ。

ボウルをクルッとまわし、ゴムべらで、下《した》から上《うえ》へ、大《おお》きくクイッと生地《きじ》をまぜる。

水無瀬《みなせ》さんのボウルから、チョコレートの香《かお》りがしてきた。粉《こな》といっしょにココアパウダーをくわえているんだ。

おいしいクグロフを作《つく》りたい。パーティーのお客《きゃく》さまに、焼《や》き菓子《がし》のおいしさを伝《つた》えたい。その思《おも》いで、こころをこめて材料《ざいりょう》をまぜているんだ。

みんなのこころがひとつになっている。

「粉《こな》がザックリまざったら、残《のこ》りのメレンゲを入《い》れて——。最後《さいご》はゴムべらを深《ふか》く生地《きじ》に入《い》れ、手早《てばや》くまぜましょう。」

クロエ先生《せんせい》が言《い》った。

わたしは、ゴムべらをもう一本出《ぽんだ》し、ホイッパーでとりきれなかったメレンゲを、残《のこ》らずボウルへ入《い》れた。つばさちゃんからゴムべらを受《う》けとったカノンが、生地《きじ》をまぜる。

パタパタパタ……。

ゴムべらと生地《きじ》がぶつかる不思議《ふしぎ》な音《おと》がした。

「これは、空気《くうき》をたっぷりふくんだ生地《きじ》が合《あ》わさる音《おと》です。はい、もういいでしょう。すばらしい生地《きじ》ができましたね。」

クロエ先生《せんせい》が、楽《たの》しそうに言《い》った。

「ついに、できあがったなー。」

渚《なぎさ》がしみじみと生地《きじ》をながめている。

「生地《きじ》の色《いろ》はスポンジケーキと同《おな》じうすいクリーム色《いろ》。だけどぜんぜんちがう。こっちのほうが、モッタリしてるね。」

わたしは生地《きじ》を見《み》つめて言《い》った。

「うん、スポンジケーキの生地《きじ》より、生地《きじ》が〝重《おも》い〟よね。手《て》がつかれたけど、がんばったよ！」

カノンが、右手《みぎて》をフリフリしながら満足《まんぞく》そうに答《こた》えた。

ケーキって不思議《ふしぎ》だ。タマゴ、バター、小麦粉《こむぎこ》、砂糖《さとう》——。材料《ざいりょう》は同《おな》じなのに、分量《ぶんりょう》、手順《てじゅん》のちがいで、こんなに生地《きじ》の状態《じょうたい》が変《か》わるんだ。

焼《や》きあがりが、ますます楽《たの》しみになってきた。

11 アレンジ・クグロフを作《つく》ろう

作業台《さぎょうだい》の上《うえ》に、五つのボウル。中《なか》にはピカピカ、できたてのクグロフ生地《きじ》が入《はい》ってる。

わたしたちは、早《はや》くできあがりが見《み》たくて、ウズウズしてる。

「あとは型《かた》に入《い》れて焼《や》くだけだぜ。」

渚《なぎさ》が、まちきれない！　って顔《かお》をしている。

「クグロフ型《がた》を出《だ》してくるね。」

冷蔵庫《れいぞうこ》へとりにいこうとした。

「星野《ほしの》さん、ちょっとまって。」

クロエ先生《せんせい》に呼《よ》びとめられた。

「パーティーにふさわしい、アレンジ・クグロフを作《つく》りましょう。」

チョコレート、クルミ、オレンジピール、アーモンド——。クロエ先生《せんせい》がいろんな材料《ざいりょう》をならべた。作業台《さぎょうだい》の上《うえ》が、にぎやかになった。

「なるほど！　これらを生地《きじ》にまぜて、バリエーション豊《ゆた》かなクグロフにするのですね。」

セルジュさんがうれしそうに言《い》った。

「そうです。組《く》み合《あ》わせを考《かんが》えて、おいしいクグロフを作《つく》ってください。」

とっても楽《たの》しそうなクロエ先生《せんせい》。焼《や》き菓子《がし》、大好《だいす》きって顔《かお》をしてる。

「クルミのクグロフはいかかでしょう？」

水無瀬《みなせ》さんが言《い》った。

「クルミを入《い》れるならチョコレートも入《い》れよう。細《こま》かく砕《くだ》かず、ザックリした大《おお》きさがいいね。」

セルジュさんが、クルミとチョコレートを手《て》にとった。

わたしは、できあがりを想像《そうぞう》してみた。

「バターたっぷり、しっとりとしたクグロフに、ときどき顔《かお》をだすチョコレートとカリッとしたクルミ！　おいしそう！」

ひとつ目《め》のクグロフが決《き》まった。

「プレーンの生地《きじ》にオレンジピールのクグロフがいいな。パウンドケーキによくあるパターンだけど……。」

カノンが言《い》った。

「パウンドケーキとクグロフのちがいを知《し》ってもらうためにも、いいと思《おも》うよ。」

パティシエさんがニコッとほほえんだ。この組《く》み合《あ》わせも、採用《さいよう》。ふたつ目《め》が決《き》まった。

よーし、わたしも考《かんが》えるぞ……。そうだ！

「スーシェフ水無瀬《みなせ》さんが作《つく》ったチョコレートクグロフ、焼《や》きあがってから、とかしたチョコレートをかけるのは、どうかな。」

わたしは、胸《むね》をはって提案《ていあん》した。

「キミたちは、チョコレート作《づく》りがじょうずですからね。そうだ、チョコの上《うえ》にスライスしたアーモンドをちらそう。」

セルジュさんが言《い》った。これで三つが決《き》まったね。

「マーブルもようはどうかしら？　プレーンの生地《きじ》と、チョコレート生地《きじ》をまぜるの。

チョコレートクグロフの生地《きじ》があまっていたら、だけど……。」

つばさちゃんが、ひかえめに提案《ていあん》した。

水無瀬《みなせ》さんが、OK《オーケー》！　と、サインをだした。

「だいじょうぶ、できるよ。マーブルもようにするコツは、あとで教《おし》えるね。」

四つのクグロフが決《き》まった。あとひとつは、プレーンのままにしよう。おいしさをくらべる〝基準《きじゅん》〟は、必要《ひつよう》だものね。

冷蔵庫《れいぞうこ》からクグロフ型《がた》を出《だ》して、いよいよ生地《きじ》を入《い》れるんだ。

「まん中《なか》に穴《あな》があいているクグロフ型《がた》に生地《きじ》を入《い》れるには、コツがあります。」

クロエ先生《せんせい》が説明《せつめい》をはじめた。

「ゴムべらで生地《きじ》をすくい、型《かた》の中《なか》めがけてポトッとふり落《お》とすように入《い》れていきます。」

クロエ先生《せんせい》の説明《せつめい》に合《あ》わせて、水無瀬《みなせ》さんが見本《みほん》を見《み》せてくれた。

ゴムべらでチョコレートクグロフ生地《きじ》をひとすくい、手首《てくび》のスナップをきかせて、型《かた》の中《なか》へポトッ！　すくっては、ポトッ！　あっというまにチョコレートクグロフの生地《きじ》が型《かた》の中《なか》へおさまった。

スポンジケーキの生地《きじ》を型《かた》へ入《い》れるときは、トロトロと型《かた》へ流《なが》し入《い》れていた。だけど、クグロフの生地《きじ》はそうはいかない。バターが多《おお》いぶん、あつかいにくいんだね。

ふたりのパティシエのお兄《にい》さんが、オレンジピールと生地《きじ》、くだいたクルミとあらくけずったチョコレートと生地《きじ》を合《あ》わせ、空気《くうき》をつぶさないように、サックリとまぜた。

そして、ゴムべらで生地《きじ》をすくってクグロフ型《がた》の中《なか》へ、ポトッ！　すくってはポトッ！　じっくりお手本《てほん》を見《み》て、もうだいじょうぶ！　コツはわかったからね。

「マーブルクグロフを型《かた》へ入《い》れよう！」

わたしは、ゴムべらで、プレーン生地《きじ》をすくった。

「型《かた》のまわりに生地《きじ》をつけないように。焼《や》くときに、そこがこげてしまうわ。気《き》をつけてね。」

クロエ先生《せんせい》が言《い》った。

「はいっ！」

わたしは、ていねいに型《かた》の中《なか》へ生地《きじ》を落《お》とし入《い》れた。うまくいったぞ。

「次《つぎ》は、チョコレートの生地《きじ》を入《い》れよう。」

今度《こんど》は渚《なぎさ》がチョコレート生地《きじ》をすくって、プレーン生地《きじ》のとなりにポトッと落《お》とした。

「はい、まぜるよ！」

カノンがフォークを持《も》って、二色《しょく》の生地《きじ》のあいだをシュッ、シュッと動《うご》かした。こうすると、焼《や》きあがりがキレイなマーブルもようになるんだって。水無瀬《みなせ》さんが教《おし》えてくれたんだよ。みんなでかわるがわる作業《さぎょう》をして、マーブルクグロフが型《かた》に入《はい》った。

「プレーンのクグロフは、安藤《あんどう》くん、お願《ねが》いします。」

クロエ先生《せんせい》の言葉《ことば》に、セルジュさんがうなずいた。

セルジュさんが、ゴムべらで生地《きじ》をすくい、型《かた》のまわりにつけないよう、しんちょうに作業《さぎょう》を進《すす》めた。そして――。

五つのクグロフの生地《きじ》が入《はい》った型《かた》がならんだ。

スーシェフ水無瀬《みなせ》さん、ホテルのパティシエのお兄《にい》さんたち、カノン、渚《なぎさ》、つばさちゃん、クロエ先生《せんせい》、セルジュさん、そして――わたし。

みんなで考《かんが》え、作《つく》ったクグロフを、オーブンの中《なか》へ入《い》れよう。

じょうずに焼《や》けているかな？　焼《や》きムラはどうだろう……。心配《しんぱい》だけど、きっとだいじょうぶ。
『こころがひとつになったキッチンからは、レシピ以上《いじょう》のものが生《う》まれる。』
わたしたちのこころは、たしかにひとつになっているもの！

12 ステキなオープニング・パーティー

オーブンへ入《い》れて三十分《ぷん》たった。チョコレートとバターの焼《や》ける香《こう》ばしい香《かお》りが、厨房《ちゅうぼう》をつつんでいる。もうすぐ、焼《や》きあがる。

わたしは、オーブンのまえでドキドキしながらまっている。

――ピ、ピ、ピ！

オーブンが焼《や》きあがりをつげた。

「では、とりだします。」

スーシェフの水無瀬《みなせ》さんが、シルバーの大《おお》きなオーブンの扉《とびら》を、グイッとあけた。

フワッと熱《あつ》く甘《あま》い空気《くうき》がわたしをつつんだ。クロエ先生《せんせい》が、オーブン用《よう》のミトンをはめ、クグロフ型《がた》をとりだした。

ひとつ、ふたつ、三つ、四つ、五つ。

どれも表面《ひょうめん》が、ふわっと持《も》ちあがっている。

「よい状態《じょうたい》ですね。」

クロエ先生《せんせい》がスーシェフの水無瀬《みなせ》さんと、顔《かお》を合《あ》わせてうなずいてる。すぐに型《かた》からはずして、じょうずに焼《や》けたか、確認《かくにん》したい。

でもね、あせっちゃダメ。

焼《や》きあがったら底《そこ》を上《うえ》にして、〝ケーキレスト〟というアミの上《うえ》において、冷《さ》ますんだ。焼《や》きたては、ふくらんだ生地《きじ》が型《かた》にぴったりとくっついているから、粗熱《あらねつ》をとらないといけないの。

五分《ふん》ほどして、クロエ先生《せんせい》が、表面《ひょうめん》を手《て》で確認《かくにん》して言《い》った。

「いいでしょう、型《かた》からはずしてください。」

スーシェフさんが用意《ようい》してくれた新《あたら》しい軍手《ぐんて》をはめ、わたしは、マーブルクグロフの型《かた》を手《て》にとった。カノン、渚《なぎさ》、つばさちゃんが、わたしの手《て》もとをじっと見《み》つめている。

スーシェフさんがチョコレート生地《きじ》の、パティシエのお兄《にい》さんたちはオレンジピール、クルミとチョコのクグロフだ。

そして、セルジュさんはプレーンのクグロフ。

「キレイにはずせるかな？」

わたしは、心配《しんぱい》になってつぶやいた。

「きっと、だいじょうぶよ。」

つばさちゃんが、力強《ちからづよ》く言《い》った。

型《かた》からはずすには、まず型《かた》の底《そこ》を作業台《さぎょうだい》の上《うえ》で軽《かる》くたたく。トントントン――。次《つぎ》に型《かた》を左手《ひだりて》で持《も》ち、右手《みぎて》で型《かた》のまわりをポンポンとやさしくたたく。

クグロフ型《がた》と生地《きじ》の間《あいだ》に、すきまを作《つく》るためだよ。

そしてアミをかぶせ、ヒョイっと型《かた》をひっくりかえし、大理石《だいりせき》の作業台《さぎょうだい》の上《うえ》にソッとおいた。いよいよ型《かた》をはずすんだ。ていねいに、ていねいに……。自分《じぶん》に言《い》いきかせながら、わたしは両手《りょうて》で型《かた》をもってはずした。

「うわぁ、キレイなマーブルもよう！」

少《すこ》しの欠《か》けもない。焼《や》きムラもない。ピカピカのクグロフがあらわれた。

ああ、よかったぁ……。

ほかのクグロフは、どうかしら？

パティシエのお兄《にい》さんが、クルミとチョコのクグロフを型《かた》からはずしてる。表面《ひょうめん》にチョコとクルミが出《で》て、おいしそう。

オレンジピールも成功《せいこう》だ。スーシェフさんのチョコレートもスルリとぬけた。

そして、『焼《や》き菓子《がし》がこわい。』と言《い》っていたセルジュさんのクグロフは!?

ゆっくり、ゆっくりとセルジュさんが型《かた》からぬいている。わたしたちは、しずかにそのようすを見《み》つめてる。そして、クグロフがあらわれた。

焼《や》きむらのない、キツネ色《いろ》のクグロフだ!!

「美《うつく》しい……。」

セルジュさんが目《め》をキラキラさせて言《い》った。

「みなさん、最後《さいご》の仕上《しあ》げをしましょう。」

クロエ先生《せんせい》が言《い》った。よしっ、がんばるぞ！　わたしはチョコレートを湯煎《ゆせん》しはじめた。

トロトロにとけたら、温度計《おんどけい》を使《つか》ってテンパリング。そして一気《いっき》にアミの上《うえ》にのせたチョコレートクグロフに流《なが》しかけた。

渚《なぎさ》がアーモンドスライスをパラパラとふりかけた。

オレンジピールのクグロフとクルミとチョコレートのクグロフは、お砂糖《さとう》のアイシングをかけた。白《しろ》いアイシングがツヤツヤして美《うつく》しい。お口《くち》に入《い》れたときのアクセントになるはず。

マーブルクグロフは、粉糖《ふんとう》をふりかけたよ。

すべての作業《さぎょう》が終《お》わった。

ふーっ。バターとお砂糖《さとう》、チョコレートの香《かお》りにつつまれて、わたしたちのすべての作《さ》業《ぎょう》が終《お》わった。

あとはパーティーまで、ゆっくりクグロフを休《やす》ませよう。

クロエ先生《せんせい》とわたしたちは厨房《ちゅうぼう》を出《で》た。

「うーん、つかれた！　三時《じ》まで時間《じかん》はたっぷり。のんびりしようっと。」

わたしは、のびをしながら言《い》った。

「なに言《い》ってるの？　お洋服《ようふく》を着《き》がえて、ヘアアレンジもしなくちゃ。いそがしいわよ！」

カノンが楽《たの》しそうに言《い》った。

そして、三時《じ》五分《ふん》まえ――。

「そろそろ、まいりましょう。」

クロエ先生《せんせい》とわたしたちは、パーティー会場《かいじょう》へ向《む》かった。ホールスタッフの人《ひと》が、扉《とびら》をあけてくれた。

えっ……!?

「これが、あのお部屋《へや》なの!?」

わたしは、おどろいて大《おお》きな声《こえ》を出《だ》してしまった。昨夜《さくや》の『お菓子《かし》のギャラリー』の美《び》術館《じゅつかん》みたいなお部屋《へや》が――。

「うそでしょ……。春《はる》のガーデンパーティーみたいになってる!」

わたしたちは、顔《かお》を見合《みあ》わせた。だって、信《しん》じられないよ。

お花《はな》がいっぱい。床《ゆか》にプランターがならんでいて、まるで花壇《かだん》の中《なか》にいるみたい。ブルーの小花《こばな》、ブルーデージーかしら?

お花《はな》にかこまれて、まるいテーブルが五台《だい》。そこにはステキなティーセットがセッティングされている。

窓《まど》から、やさしい風《かぜ》が吹《ふ》きこんできた。なんて、気持《きも》ちがいいんだろう……。

「信《しん》じられない。別世界《べっせかい》ができあがってるぞ。」

渚《なぎさ》が目《め》をパチパチさせて言《い》った。

お客《きゃく》さまたちも、集《あつ》まってきた。やさしい雰囲気《ふんいき》の会場《かいじょう》で、楽《たの》しそうにパーティーのはじまりをまっているよ。

「これ、全部《ぜんぶ》つばさちゃんママがしたの？　天才《てんさい》だわ……。」

そう言《い》って、カノンがつばさちゃんの手《て》をギューッとにぎった。

「マリー・アントワネットのイメージですね。クグロフの演出《えんしゅつ》にぴったり。みごとです――。」

クロエ先生《せんせい》も感心《かんしん》している。そこへ、ホテルのスタッフと話《はな》しながらつばさちゃんママが入《はい》ってきた。

「ママっ！」

つばさちゃんが、うれしそうに声《こえ》をかけた。

「クグロフは、マリー・アントワネットのお気《き》に入《い》りのお菓子《かし》。そのひと言《こと》からイメージが広《ひろ》がったの。」

ラベンダー色《いろ》のテーブルクロスの小《ちい》さなしわを直《なお》しながら、つばさちゃんママが話《はな》しはじめた。

「マリー・アントワネットは、ぜいたくをしたイメージがあるでしょ。でもね、自然《しぜん》の中《なか》ですごすことも大好《だいす》きだったのよ。」

お話《はな》ししながらも、つばさちゃんママは、とても細《こま》かいところに気《き》を配《くば》ってる。テーブルにおいたカップの向《む》き、プランターの花《はな》の位置《いち》……。

「この青《あお》い小花《こばな》もようのティーセット、マリー・アントワネットの好《この》みですね。」

クロエ先生《せんせい》がカップを見《み》つめて言《い》った。

白地《しろじ》にわすれな草《ぐさ》、とても清楚《せいそ》な柄《がら》だ。このプランターのお花《はな》たち、ティーセットと色《いろ》を合《あ》わせたんだ。

「マリー・アントワネットの愛《あい》した世界《せかい》でおもてなしをしたら、クグロフがよりおいしくなると考《かんが》えたの。」

つばさちゃんママが、うれしそうに説明《せつめい》している。短《みじか》い時間《じかん》でここまで準備《じゅんび》するなんて……。つばさちゃんママ、どんなに大変《たいへん》だっただろう。

「もっとビックリすることが起《お》こるわよ――。」

つばさちゃんママが、手《て》を上《あ》げてだれかに合図《あいず》を送《おく》った。

♪……

やさしいバイオリンの曲《きょく》がきこえてきた。音《おと》のするほうを見《み》ると……。

「わぁ、いつの間《ま》に!?」

広間《ひろま》のまんなか、お花《はな》のプランターにかこまれたイスで、三人《にん》が演奏《えんそう》をはじめた。

「バイオリン、ビオラ、チェロ。弦楽《げんがく》三重奏《じゅうそう》です。曲《きょく》はベートーベン弦楽《げんがく》三重奏《じゅうそう》のためのセレナーデ、ニ長調《ちょうちょう》オーパス８ですわ。」

曲《きょく》に合《あ》わせて、クグロフが運《はこ》ばれてきた。

わすれな草《ぐさ》のティーセットとクグロフ。とても似合《にあ》ってる。

「みなさま、スイーツ・ホテル・オープニング・パーティーへ、ようこそおこしくださいました。」

白《しろ》いコックコート、シェフ帽《ぼう》をかぶったセルジュさん——安藤遼平《あんどうりょうへい》さんが、あいさつをはじめた。

「じつは、本日《ほんじつ》ご用意《ようい》したクグロフは、予定《よてい》していたケーキとはちがいます。アクシデントがあり、準備《じゅんび》していたケーキの製作《せいさく》ができなくなってしまったのです——。」

セルジュさんが、とんでもないことを話《はな》しはじめた。

「うろたえたわたしに、ここにいる『ちびっ子《こ》パティシエ』くんたちが、クグロフを提案《ていあん》してくれたのです。わたしは、尊敬《そんけい》するパティシエ、マダム・クロエと、わが『スイーツ・ホテル』のパティシエたち、そして最高《さいこう》のパートナーであるスーシェフ。みんなで製《せい》作《さく》いたしました。」

とつぜん、みんなの視線《しせん》がわたしたちに集《あつ》まった。おどろいて、恥《は》ずかしくて、心臓《しんぞう》がバクバクしてる！

「このクグロフは、わたしの決意《けつい》です。伝統《でんとう》ある焼《や》き菓子《がし》を大切《たいせつ》に、新《あたら》しいアイディアをみがき、パティシエの修業《しゅぎょう》をしてまいります。みなさま、どうぞ『スイーツ・ホテル』をよろしくお願《ねが》いいたします。」

セルジュさんが、深々《ふかぶか》とお辞儀《じぎ》をした。

――パチパチパチ！　会場《かいじょう》から拍手《はくしゅ》が起《お》こった。カメラのフラッシュがまぶしい……。

「すばるー、ドキドキが止《と》まらないよ。」

カノンが泣《な》きそうな顔《かお》で言《い》った。

サービスのスタッフが、サッとあらわれて、クグロフをカットしはじめた。クグロフのカットは、大事《だいじ》なポイントがあるんだよ。

ナイフで削《そ》ぐようにカットすること。ホールケーキをカットするように、等分《とうぶん》にカットしちゃ、ぜったいダメ！　ギッシリした焼《や》き菓子《がし》は、断面《だんめん》を広《ひろ》くすると、おいしく食《た》べられるの。バウムクーヘンをカットするときも、ためしてみてね。ぜったいおいしさがちがうから。

「みなさん、この演出《えんしゅつ》には、緑川《みどりかわ》さんの深《ふか》い思《おも》いがこめられているのですよ。」

クロエ先生《せんせい》が静《しず》かに話《はな》しかけた。

わたしは、お客《きゃく》さまたちをソッと観察《かんさつ》した。みんな演奏《えんそう》に耳《みみ》をかたむけ、クグロフを食《た》べている。

「そうか……、優雅《ゆうが》な演出《えんしゅつ》は、ゆっくりとクグロフを味《あじ》わうきっかけになるんだ。」

渚《なぎさ》が言《い》った。

「ええ。わたしたちが、こころをこめて作《つく》ったクグロフのおいしさが、より、伝《つた》わるように。うれしいことですね。」

クロエ先生《せんせい》が穏《おだ》やかにほほえんだ。

「このようなパーティーは、はじめてですわ。」

「焼《や》き菓子《がし》のおいしさを十分《じゅうぶん》たのしんでいますよ。」

お客《きゃく》さまたちが、記者《きしゃ》たちのインタビューに答《こた》える声《こえ》がきこえてきた。

「スイーツ・ライターからのみごとな転身《てんしん》ですね。」

ライトを浴《あ》びて、セルジュさんがインタビューされている。

「すばらしい。お菓子《かし》の業界《ぎょうかい》はもう一度《いちど》焼《や》き菓子《がし》を見《み》つめなおすでしょう。」

「いや、『クグロフブーム』がおこりますわ。」

会場《かいじょう》の中《なか》は、うれしい会話《かいわ》であふれていた。

「鳥肌《とりはだ》もんだなー。」

渚《なぎさ》が、会場《かいじょう》を見《み》まわしてつぶやいた。

「わたしたちもクグロフを食《た》べよう。」

カノンがお皿《さら》を手《て》にして言《い》った。

「うんっ！」

セルジュさんは、シェフ・パティシエで総支配人《そうしはいにん》だけど、わたしたちは、パティシエ見《み》習《なら》いで、お客《きゃく》さまだものね。

「いただきます！」

わたしはプレーンクグロフをパクッ！　カノンはオレンジピール、渚《なぎさ》はクルミとチョコレートのクグロフ、そしてつばさちゃんはマーブルクグロフだ。

ああ、おいしい……。クグロフって、こんなにバターと小麦粉《こむぎこ》の味《あじ》がするんだ。リッチで、しっとり。最高《さいこう》の焼《や》き菓子《がし》だね！

13 ココアイスを食《た》べながら

「こんにちはー！」

渚《なぎさ》の声《こえ》がした。

「おばさん、こんにちは。」

カノンも来《き》たよ。

「こんにちは、おじゃまします。」

つばさちゃんも到着《とうちゃく》した。

「みんな、早《はや》く早《はや》く！　はじまっちゃうよ。」

わたしは三人《にん》をリビングへいそがせた。これから、セルジュの『スイーツ・ホテル』がテレビに出《で》るの。わたしたちがんばったオープニング・パーティーのようすだよ。

「情報番組《じょうほうばんぐみ》で紹介《しょうかい》されるって、セルジュさんからママのところに連絡《れんらく》がきたの。たしか、このチャンネルよ。」

つばさちゃんが、テレビのリモコンを操作《そうさ》している。

「そうそう、きこうと思《おも》ってたの……。」

カノンがつばさちゃんにきいた。

「パーティーの弦楽三重奏《げんがくさんじゅうそう》、つばさちゃんのママは、どうやって演奏家《えんそうか》の人《ひと》を呼《よ》んだの？」

「朝《あさ》ごはんのときだって。ほら、ママはパーティーで知《し》り合《あ》った人《ひと》とお話《はな》ししていたでしょう。あの人《ひと》は、音楽大学《おんがくだいがく》の先生《せんせい》で、演奏家《えんそうか》の教《おし》え子《ご》に連絡《れんらく》をしてくれたんだって。」

「赤《あか》いニットのスーツを着《き》ていた人《ひと》ね。さすが、つばさちゃんのママ――。」

カノンが感心《かんしん》している。あのね、パーティー以来《いらい》、カノンとつばさちゃんは、まえより少《すこ》し仲《なか》よしになったんだよ。うれしいね。

あっ、はじまった！　わたしたちは、グッとテレビに近《ちか》づいた。

『――おとろえを知《し》らないスイーツブーム、ついにホテルが誕生《たんじょう》です！』

画面《がめん》にバーンと『スイーツ・ホテル』の外観《がいかん》が映《うつ》った。

「なんだか、ドキドキする。わたし、カワイイ感《かん》じで映《うつ》ってるかしら？」

カノンが言《い》った。

「昔《むかし》から伝《つた》わるお菓子《かし》は、たくさんの物語《ものがたり》を持《も》っています。『スイーツ・ホテル』は、お菓子《かし》の歴史《れきし》を大切《たいせつ》にしながら、新《あたら》しいお菓子《かし》を提案《ていあん》していきます。」

セルジュさんが、アップになってる！　画面《がめん》は、パーティー全体《ぜんたい》のようすを流《なが》している。

「ねぇ、家《いえ》に帰《かえ》ってから、考《かんが》えていたんだけど――。」

わたしは画面《がめん》を見《み》ながら、みんなにきいた。

「優秀《ゆうしゅう》なスーシェフさんが、セルジュさんのこだわりのクリームの予備《よび》の注文《ちゅうもん》をまちがえるかな？」

するとつばさちゃんが、急《きゅう》に大声《おおごえ》を出《だ》した。

「見《み》て！　インタビューを受《う》けるセルジュのとなりのスーシェフさんの顔《かお》!?」

満面《まんめん》の笑《え》みってこのことだ。うれしくて、たまらないって感《かん》じ。

「もしかして、飛行機《ひこうき》が欠航《けっこう》したんじゃなくて、スーシェフさん、わざとクリームをたのまなかったのかもな……。」

渚《なぎさ》があごに手《て》をあてて言《い》った。カッコイイと思《おも》っているみたい、つばさちゃんの前《まえ》ですするお得意《とくい》のポーズだ。

「おそるべきスーシェフさん。セルジュにパーティーのケーキを変更《へんこう》させようとして？」

大胆《だいたん》な思《おも》いつき。

でも、そうとしたら、作戦《さくせん》は成功《せいこう》だね。セルジュさん、あんなに生《い》き生《い》きしてステキなシェフ・パティシエになっているもん。

番組《ばんぐみ》が終《お》わった。

残念《ざんねん》ながら、カノンもわたしたちもテレビには映《うつ》らなかった。でも、クグロフは五種類《しゅるい》全部《ぜんぶ》アップになってたんだよ。

「カノン、がっかりしないで……。ほら、このまえ作《つく》ったココスアイスだよ。」

わたしは、みんなにアイスを配《くば》った。

「ココスアイス、とってもおいしい！」

つばさちゃんがニッコリしてる。

「そうでしょう！　本場《ほんば》ウィーンのレシピだもん。」

カノンが得意《とくい》げに胸《むね》をはった。

明日《あす》から新学期《しんがっき》、五年生《ねんせい》がはじまる。わたしはクラスがえが、まえほど心配《しんぱい》じゃなくなっている。ってか、どうなるかワクワクしてる。

だってわたしたちは、いつでもお菓子《かし》でつながっているんだもん。ねっ！

おしまい☆

カップケーキを作《つく》ろう！

あのかわいい型《かた》がなくても、クグロフの味《あじ》を楽《たの》しむことは、できちゃうよ。このレシピは、見《み》た目《め》はカップケーキだけど、味《あじ》はクグロフ！　バターと卵《たまご》がたっぷり、リッチな味《あじ》を楽《たの》しんでね。濃《こ》いめにいれた紅茶《こうちゃ》に、ミルクをたっぷりとそそいだミルクティーといっしょに、めしあがれ。

★材料《ざいりょう》(直径《ちょっけい》５センチのカップケーキ型《がた》　約《やく》８個分《こぶん》)
●バター　110 グラム　●粉砂糖《こなざとう》　60 グラム　●卵黄《らんおう》　40 グラム
●卵白《らんぱく》　70 グラム　●グラニュー糖《とう》　50 グラム
●薄力粉《はくりきこ》　100 グラム　●コーンスターチ　30 グラム
●塩《しお》　ひとつまみ
●レモン(国産無農薬《こくさんむのうやく》)の皮《かわ》のすりおろし　４分《ぶん》の１個分《こぶん》
【アイシング】
●粉砂糖《こなざとう》　50 グラム　●レモンのしぼり汁《じる》　小《こ》さじ１

★準備《じゅんび》　バターは室温《しつおん》にもどしておく。金属製《きんぞくせい》のカップケーキ型《がた》を使《つか》う場合《ばあい》は、型《かた》の内側《うちがわ》にバターをぬり、薄力粉《はくりきこ》をはたいておく（分量外《ぶんりょうがい》）。紙製《かみせい》の場合《ばあい》は、そのままでＯＫ《オーケー》。オーブンを 180 度《ど》に温《あたた》めておく。薄力粉《はくりきこ》とコーンスターチは、あわせてふるっておく。

★作《つく》り方《かた》

①ボウルにバターを入《い》れ、ホイッパー、またはハンドミキサーで、なめらかになるまですり混《ま》ぜる。さらに、粉砂糖《こなざとう》を３回《かい》に分《わ》けて加《くわ》えながら、ホイップする。全体《ぜんたい》が白《しろ》っぽくなり、フワッとするまでしっかりとホイップする。

②①に卵黄《らんおう》を少量《しょうりょう》ずつ加《くわ》え、よくホイップする。塩《しお》とレモンの皮《かわ》も混《ま》ぜる。

③メレンゲを作《つく》る。べつのボウルに、卵白《らんぱく》とグラニュー糖《とう》を入《い》れてホイッパー、もしくはハンドミキサーで泡立《あわだ》て、固《かた》めのメレンゲを作《つく》る。

④②の中《なか》に③のメレンゲを半量加《はんりょうくわ》え、あわせてふるった薄力《はくりき》粉《こ》とコーンスターチを加《くわ》える。ゴムべらでサックリと混《ま》ぜる。

⑤残《のこ》りのメレンゲを加《くわ》え、サックリと混《ま》ぜたらクグロフ生地《きじ》のできあがり。スプーンで生地《きじ》をすくい、用意《ようい》したカップケーキの型《かた》に、4分《ぶん》の3ほど入《い》れる。

⑥天《てん》パンに間《あいだ》をあけてならべ、180度《ど》のオーブンで15～20分《ぷん》焼《や》く。オーブンによって差《さ》があるので、焼《や》き時間《じかん》は調節《ちょうせつ》して。

⑦ケーキが冷《さ》めたら仕上《しあ》げのアイシングをする。おわんくらいの大《おお》きさのボウルに、アイシング用《よう》の粉砂糖《こなざとう》を入《い》れ、レモン汁《じる》を加《くわ》える。スプーンで、全体《ぜんたい》にツヤがでるまでよく練《ね》る。

⑧⑦のボウルを湯煎《ゆせん》にかける。温度《おんど》は熱《あつ》めのお風呂《ふろ》くらい。アイシングの砂糖《さとう》が、トロッとしたら、好《この》みの量《りょう》をティースプーンですくい、ケーキにかける。スプーンの背《せ》を使《つか》ってすばやく全体《ぜんたい》にのばす。アイシングが乾《かわ》いたら、できあがり。

（監修《かんしゅう》／マウジー　三好由美子《みよしゆみこ》）

あとがき

みなさん、こんにちは！　つくもようこです。

「パティシエ☆すばる」の新《あたら》しい物語《ものがたり》ができあがりました。

このシリーズを書《か》くとき、一番《ばん》はじめにすることは、すばるたちが作《つく》るケーキを決《き》めることです。ケーキが決《き》まったら、取材《しゅざい》です。パティシエさんたちにインタビューしたり、ケーキを作《つく》って、食《た》べて——。

頭《あたま》の中《なか》をケーキでいっぱいにしてから、ストーリーを考《かんが》えます。

いつものように準備《じゅんび》をしたのに、今回《こんかい》はなかなかストーリーが決《き》まりませんでした。パソコンに向《む》かって、文字《もじ》を打《う》ったり、消《け》したり……。

こうなってしまったら、解決方法《かいけつほうほう》はただ一つ。

エイッと、パソコンを閉《と》じて、ケーキ屋《や》さんへ！　またケーキを食《た》べるの!?　って、あきれないでください。気分転換《きぶんてんかん》には、おいしいケーキを食《た》べるのが、一番《ばん》です。

おめあてのケーキを手《て》に入《い》れ、速攻《そっこう》で帰宅《きたく》。お気《き》に入《い》りのお皿《さら》にケーキをのせて、しばしケーキの姿《すがた》を鑑賞《かんしょう》します。（今日《きょう》のケーキは、大好《だいす》きなチョコレートケーキです。）表面《ひょうめん》がツヤっとして、本当《ほんとう》に美《うつく》しいケーキです。うっとり見《み》つめていたら、急《きゅう》に掃除《そうじ》がしたくなりました。なぜ!?

仕事《しごと》の最中《さいちゅう》とはいえ、この部屋《へや》はちらかりすぎです……。床《ゆか》には本《ほん》が積《つ》みあげられ、机《つくえ》の上《うえ》は広《ひろ》げたままのノートや資料《しりょう》でいっぱい。こんな部屋《へや》でケーキを食《た》べたら、おいしさは半減《はんげん》してしまいますものね。

冷蔵庫《れいぞうこ》にケーキをしまい、お掃除開始《そうじかいし》。キレイになったお部屋《へや》で、気分《きぶん》よくチョコレートケーキをいただきました。

じつはこのエピソードが、今回《こんかい》の物語《ものがたり》のヒントになりました。ケーキを最高《さいこう》においしく食《た》べる場所《ばしょ》を作《つく》ってみたい。と、考《かんが》えたのです。

わたしの理想《りそう》を、ギュッギュッと集《あつ》めた『夢《ゆめ》のスイーツ・ホテル』。楽《たの》しんでもらえたら、うれしいです。

つくもようこ

『パティシエ☆すばる』の次《つぎ》のお話《はなし》では
どんなお菓子《かし》が出《で》てくるかな？
また会《あ》おうね！

＊著者紹介

つくもようこ

千葉県生まれ、京都市在住。山羊座のＡ型。猫とベルギーチョコレートと白いご飯が大好き。尊敬する人、アガサ・クリスティ。趣味はイタリア語の勉強で、将来の夢はイタリアへ留学すること。好きな言葉、「七転び八起き」。著書に「魔女館」シリーズ、「パティシエ☆すばる」シリーズ（ともに講談社青い鳥文庫）。

＊画家紹介

烏羽《からすば》 雨《あめ》

イラストレーター。雑誌や書籍の装画、挿絵などで活躍中。挿絵の仕事に『オズの魔法使い ドロシーとトトの大冒険』、「怪盗パピヨン」シリーズ（ともに講談社青い鳥文庫）など多数。

取材協力／
ウィーン菓子 マウジー
パティシエ　中川義彦《なかがわよしひこ》
焼き菓子工房　コレット

講談社 青い鳥文庫　256-14

パティシエ☆すばる
夢《ゆめ》のスイーツホテル
つくもようこ

2015年12月15日　第1刷発行
2016年2月15日　第2刷発行

（定価はカバーに表示してあります。）

発行者　清水保雅
発行所　株式会社講談社
東京都文京区音羽2-12-21　郵便番号112-8001
電話　編集（03）5395-3536
販売（03）5395-3625
業務（03）5395-3615

N.D.C.913　186p　18cm

装　丁　久住和代
印　刷　図書印刷株式会社
製　本　図書印刷株式会社
本文データ制作　講談社デジタル製作部

ISBN978-4-06-285527-3

おいしいスイーツが いっぱい！

鼻《はな》のきくすばる、デコのセンスはばつぐんのカノン、腕力《わんりょく》と計算《けいさん》ならおまかせの渚《なぎさ》。力《ちから》をあわせて、ぜったい、ホンモノのパティシエになるよ！

すばるたちを応援《おうえん》してね！

5巻《かん》 **ウエディングケーキ大作戦《だいさくせん》！**
トライフルのレシピつき

6巻《かん》 **キセキのチョコレート**
ウィーン風《ふう》ブラウニーのレシピつき

7巻《かん》 **チーズケーキのめいろ**
クリームチーズ・クッキーのレシピつき

おもしろい話がいっぱい！

若おかみは小学生！シリーズ

若おかみは小学生！(1)〜(20)　令丈ヒロ子
おっこのTAIWANおかみ修業！　令丈ヒロ子
若おかみは小学生！スペシャル短編集(1)〜(2)　令丈ヒロ子

温泉アイドルは小学生！シリーズ

温泉アイドルは小学生！(1)　令丈ヒロ子
メニメニハート　令丈ヒロ子

黒魔女さんが通る!! シリーズ

黒魔女さんが通る!! (0)〜(20)　石崎洋司
黒魔女の騎士ギューバッド（全3巻）　石崎洋司
魔女学校物語　石崎洋司
おっことチョコの魔界ツアー　令丈ヒロ子　石崎洋司
恋のギューピッド大作戦！　令丈ヒロ子　石崎洋司
魔リンピックでおもてなし　令丈ヒロ子　石崎洋司

摩訶不思議ネコ・ムスビ シリーズ

秘密のオルゴール　池田美代子
迷宮のマーメイド　池田美代子
虹の国バビロン　池田美代子
海辺のラビリンス　池田美代子
幻の谷シャングリラ　池田美代子
太陽と月のしずく　池田美代子
氷と霧の国トゥーレ　池田美代子
白夜のプレリュード　池田美代子
黄金の国エルドラド　池田美代子
砂漠のアトランティス　池田美代子
冥府の国ラグナロータ　池田美代子
遥かなるニキラアイナ　池田美代子

新 妖界ナビ・ルナ シリーズ

新 妖界ナビ・ルナ(1)〜(11)　池田美代子
海色のANGEL《エンジェル》(1)〜(2)　池田美代子／作　手塚治虫／原案

テレパシー少女「蘭」シリーズ

ねらわれた街　あさのあつこ
闇からのささやき　あさのあつこ
私の中に何かがいる　あさのあつこ
時を超えるSOS　あさのあつこ
髑髏《どくろ》は知っていた　あさのあつこ
人面瘡《じんめんそう》は夜笑う　あさのあつこ
ゴースト館の謎　あさのあつこ
さらわれた花嫁　あさのあつこ
宇宙《そら》からの訪問者　あさのあつこ

- 12歳 ―出逢いの季節― (1)　あさのあつこ
- 風の館の物語 (1)～(4)　あさのあつこ

パティシエ☆すばる シリーズ

- パティシエになりたい！　つくもようこ
- ラズベリーケーキの罠《わな》　つくもようこ
- 記念日のケーキ屋さん　つくもようこ
- 誕生日ケーキの秘密　つくもようこ
- ウエディングケーキ大作戦！　つくもようこ
- キセキのチョコレート　つくもようこ
- チーズケーキのめいろ　つくもようこ
- 夢のスイーツホテル　つくもようこ

龍神王子《ドラゴン・プリンス》！シリーズ

- 龍神王子《ドラゴン・プリンス》！(1)～(5)　宮下恵茉

- 獣の奏者 (1)～(8)　上橋菜穂子
- 七色王国と魔法の泡　香谷美季
- 七色王国と時の砂　香谷美季
- 超絶不運少女 (1)～(3)　石川宏千花
- 地獄堂霊界通信 (1)～(2)　香月日輪

- 魔法職人たんぽぽ (1)～(3)　佐藤まどか
- ユニコーンの乙女 (1)～(3)　牧野　礼

- それが神サマ!? (1)～(3)　橘　もも

- プリ・ドリ (1)　たなかりり

- ふしぎ古書店 (1)　にかいどう青
- 学校の怪談 ベストセレクション　常光　徹

fシリーズ

SF・ファンタジー ふしぎがいっぱい！

- 宇宙人のしゅくだい　小松左京
- 空中都市008　小松左京
- 青い宇宙の冒険　小松左京
- ショートショート傑作選 おーいでてこーい　星　新一
- ショートショート傑作選2 ひとつの装置　星　新一
- ねらわれた学園　眉村　卓
- なぞの転校生　眉村　卓
- ねじれた町　眉村　卓
- まぼろしのペンフレンド　眉村　卓

「講談社《こうだんしゃ》 青《あお》い鳥文庫《とりぶんこ》」刊行《かんこう》のことば

太陽《たいよう》と水《みず》と土《つち》のめぐみをうけて、葉《は》をしげらせ、花《はな》をさかせ、実《み》をむすんでいる森《もり》。小《こ》鳥《とり》や、けものや、こん虫《ちゅう》たちが、春《はる》・夏《なつ》・秋《あき》・冬《ふゆ》の生活《せいかつ》のリズムに合《あ》わせてくらしている森《もり》。森《もり》には、かぎりない自然《しぜん》の力《ちから》と、いのちのかがやきがあります。

本《ほん》の世界《せかい》も森《もり》と同《おな》じです。そこには、人間《にんげん》の理想《りそう》や知恵《ちえ》、夢《ゆめ》や楽《たの》しさがいっぱいつまっています。

本《ほん》の森《もり》をおとずれると、チルチルとミチルが「青《あお》い鳥《とり》」を追《お》い求《もと》めた旅《たび》で、さまざまな体験《たいけん》を得《え》たように、みなさんも思《おも》いがけないすばらしい世界《せかい》にめぐりあえて、心《こころ》をゆたかにするにちがいありません。

「講談社《こうだんしゃ》 青《あお》い鳥文庫《とりぶんこ》」は、七十年《ねん》の歴史《れきし》を持《も》つ講談社《こうだんしゃ》が、一人《ひとり》でも多《おお》くの人《ひと》のために、すぐれた作品《さくひん》をよりすぐり、安《やす》い定価《ていか》でおおくりする本《ほん》の森《もり》です。その一さつ一さつが、みなさんにとって、青《あお》い鳥《とり》であることをいのって出版《しゅっぱん》していきます。この森《もり》が美《うつく》しいみどりの葉《は》をしげらせ、あざやかな花《はな》を開《ひら》き、明日《あす》をになうみなさんの心《こころ》のふるさととして、大《おお》きく育《そだ》つよう、応援《おうえん》を願《ねが》っています。

昭和《しょうわ》五十五年《ねん》十一月《がつ》

講談社